광장에 서다

아름다운 청소년 ⑮

광장에 서다

초판 1쇄 발행 2017년 5월 30일 | 초판 6쇄 발행 2024년 9월 6일
지은이 김소연, 윤혜숙, 은이결, 임어진, 정명섭, 주원규, 최영희 | **펴낸이** 방일권
펴낸곳 별숲 | **출판신고** 2010년 6월 17일 | **주소** 경기도 파주시 광인사길 115, 203호
전화 031-945-7980 | **팩스** 02-6209-7980 | **전자우편** everlys@naver.com

© 김소연, 윤혜숙, 은이결, 임어진, 정명섭, 주원규, 최영희 2017

ISBN 978-89-97798-50-6 44810
ISBN 978-89-965755-0-4 (세트)

이 도서의 국립중앙도서관 출판예정도서목록(CIP)은 서지정보유통지원시스템 홈페이지(http://seoji.nl.go.kr)와
국가자료공동목록시스템(http://www.nl.go.kr/kolisnet)에서 이용하실 수 있습니다.(CIP제어번호: CIP2017011316)

소설로 읽는 한국 현대사

광장에 서다

김소연

윤혜숙

은이결

임어진

정명섭

주원규

최영희

별숲

책을 펴내며

지난겨울 광화문 광장은 촛불의 물결로 들끓었다.

'이게 나라냐' '더는 이대로 안 된다'며 수많은 사람들이 자발적으로 촛불 대열에 합류하면서 시위 규모는 점점 커져 갔다. 부정한 정치권력에 맞서 민주주의를 지키고자 하는 국민들의 열망 덕분에 촛불 집회는 유례를 찾기 힘든 비폭력 평화 시위로 거듭날 수 있었다. 바람 앞에 속수무책 꺼질 수밖에 없는 미약한 힘들이 모여 거대한 물결을 이루고 마침내 축제의 불꽃으로 승화되었다. 진정한 변혁의 물꼬를 트는 힘은 바로 촛불과 같은 순수한 열망이며 세대를 아우르는 공감과 소통이었음을 확인하는 시간이었다.

우리나라를 비롯해 세계 여러 나라에서 독재와 부정부패에 항거한 시위는 늘 있어 왔다. 정치적 격변기에 일어난 이 같은 시위는 번번이 폭력과 유혈 사태로 번졌고 그 와중에 수많은 희생자가 발생하곤 했다. 그러나 이번 촛불 집회는 매주 백만 명 가까운 군중이 모였음에도 평화적이고 민주적으로 치러졌고, 대통령 탄핵과 평화로운 정권 교체를 이루어 냈다. 이로써 한국은 정치 후진국이라는 오명을 씻어 냈을 뿐 아니라, 성숙한 시위 문화, 21세기 직접 민주주의 실현, 문화적 축제로서의 정치 집회 등의 이유로 노벨 평화상 후보에 거론될 만큼 세계인의 찬사를 받고 있다.

언제나 그랬듯 이번 촛불 집회의 대열 속에도 어김없이 청소년들이 있었다.

기발한 문구의 현수막을 들고 온 아이들도 있었고, 광장 한복판에서 기타를 치고 춤을 추는 아이들도 있었다. 자유 발언대에 올라가 어른들의 부끄러운 행태를 꼬집은 아이들도 있었고, 청소년들의 전국 시국 대회에 참여하려고 지방에서 밤 기차를 타고 올라온 아이들도 있었다. 비닐봉투를 들고 광장의 쓰레기를 치운 것도 그 아이들이었다. 그들은 우리 사회가 더 나은 세상으로 나아가기 위해서는 촛불 집회가 기존의 어떤 집회보다도 더 주체적이고 민주적이며 평화로운 방식으로 진행되어야 함을 분명한 의지와 열망으로 보여 주었다. 참으로 멋있었고, 힘찼으며, 뜨거웠다.

곰곰이 우리 역사를 되돌아보면 항상 그랬다. 어른들이 온갖 변명과 이유를 들어 세상일에 눈감고 잘못된 방향으로 사회를 몰아갈 때 분연히 일어선 것은 청소년들이었다. 다른 나라에서 일어난 대부분의 혁명이 농민, 노동자, 여성, 시민 계층의 주도로 이루어진 것과는 달리 우리나라에서는 학생들을 포함한 청소년들이 항상 그 중심에 있었다. 이는 세계 어느 나라에서도 유례를 찾아볼 수 없는 독특한 현상이며 우리 청소년들의 높은 시민 의식이 표출된 남다른 민주화 운동 방식이라 할 것이다.

광장에서 청소년들은 어떤 생각을 하고 무엇을 말하고 싶었을까? 세월호 참사 이후 일련의 사건들로 인해 세상과 어른에게 실망했을 우리 청소년들에게 참회이든 변명이든 역사의 격동기를 보낸 선배 청소년들의 이야기를 들려주면 어떨까 하는 생각이 이 책의 출발이었다. 자유와 민주주의를 향한 순수한 열망 하나로 불의한 권력에 맞섰던 지난 세대 청소년들의 삶을 보여 줌으로써 현재를 살아가는 그들과 소통하고 싶다는 소망을 전하고 싶었다.

이런 취지에 뜻을 함께한 일곱 명의 작가들이 모여 오랜 시간 논의했다.

해방 후부터 현재까지 십 년 단위로 나누고, 각 시대마다 벌어진 거친 역사의 소용돌이 속에서도 온몸으로 불의에 맞섰던 청소년들의 용기 있는 삶을 통해 우리 현대사의 민낯을 진솔하게 보여 주자는 데 의견을 같이했다. 무엇보다 당시 사람들이 무슨 생각을 했고 어떻게 살았는지, 청소년 시점에서 편견과 선입견 없이 정직하게 그려 내고자 했다.

어떤 작가는 세 번이나 쓴 원고를 뒤엎고 다시 쓰기를 반복했고, 또 어떤 작가는 글 쓰는 내내 가슴에 울분이 차올랐다고 했다. 각 시대를 그려 갈 인물과 사건은 어떤 기준으로 선택했는지, 그때 그 일이 지금의 현실과 어떻게 맞닿아 있는지, 저마다 공부하고 쓰면서 느낀 소회 등 미처 못다 한 이야기는 작가의 말로 대신하기로 했다. 다만 5·18 민주화 운동, 부마항쟁, 서울의 봄, 용산 참사, 쌍용자동차 사태, 세월호 참사 등 중대한 역사적 사건들을 모두 담아낼 수 없었던 것은 내내 아쉬움으로 남는다.

부디 이 책이 청소년들에게 지난했던 현대사를 통해 과거 세대와 소통하는 데 조금이나마 도움이 되기를, 전 시대를 살다 간 선배 청소년들의 치열했던 삶이 현재를 살아가는 이 땅의 청소년들에게 의미 있는 위로와 응원의 메시지가 되기를 희망해 본다.

끝으로 함께한 작가들과 별숲 출판사에 깊은 감사를 전한다.

이 땅의 모든 청소년들을 응원하며

윤혜숙

손거울

김소연

집은 거짓말처럼 그대로였다. 청회색 타일이 깔린 현관과 반들반들 윤이 나는 마루, 그 앞으로 반쯤 열려 있는 큰방, 큰방 옆으로 붙은 부엌과 그곳을 통해 다시 현관 앞으로 돌아 나올 수 있는 복도까지……, 불빛 한 자락 없는 한밤이었지만 눈이 아닌 몸이 익숙한 곳이었다.

현관 앞에 선 겐타로가 긴 한숨을 내쉬었다.

"드디어 돌아왔군."

지난여름, 자글거리는 라디오 전파를 타고 신이라 일컬어지는, 그래서 절대 인간일 수 없는 남자의 풀 죽은 목소리가 경성에 울렸다. 방송이 끝나고 겐타로와 어머니 유미코는 짐을 싸기 시작했다. 경성 거리는 하루 종일 만세를 외치며 몰려다니는 조선인 무리로 술렁였다. 술집마다 사람이 넘치고 어디서들 그렇게 가지고 나왔는지 생전 볼 수 없었던 태극기가 거리를 메웠다. 겐타로는 굳게 걸어 잠근 대문 앞에 쪼그리고 앉아 바깥 동정을 살폈다. 꼬박 이틀을 그렇게 쥐 죽은 듯 보냈다. 그리고 17일 새벽 두 시가 넘어 몸을 움직였다. 겐타로의 눈짓에 유미코가 자그마한 여행 가방을 들고 현관을 나섰다. 두 모자는 옷 몇 벌만 챙겨 들고 그렇게 탱자나무 집을 빠져나왔다. 유미코는 대문을 닫으며 가슴까지 오는 탱자나무 울타리를 쳐다봤다.

"조금만 더 기다리면 열매를 맛볼 수 있을 텐데."

탱자나무는 커다랗고 빽빽한 가시 덕분에 훌륭한 담장 역할을 했다. 또 봄이면 하얀 꽃이 흐드러지고 가을이면 노란 열매가 대롱대롱 매달렸다. 귤보다 작지만 새콤달콤한 과즙은 떠올리기만 해도 입안에 침을 고이게 했다. 유미코는 약용으로 널리 쓰인다는 탱자를 이웃 일본인들과 나누어 먹으며 인심을 얻곤 했다. 그렇게 겐타로네는 탱자나무 집이라고 불렸다. 겐타로는 달빛이 휘영청 밝은 신당동 골목길을 자꾸만 돌아봤다.

"걱정 마, 겐짱. 곧 돌아올 수 있을 거야."

어머니는 외동아들을 가끔 '겐짱'이라 부르곤 했다. 열여덟이나 먹은 고보(고등보통학교) 학생에겐 낯간지러운 호칭이었다. 겐타로는 매번 질색했지만, 그 말이 경성을 벗어나는 순간만큼은 미덥게 들렸다.

겐타로가 부산으로 가는 열차 안에서 물었다.

"아버지는요?"

군수물자 하청 업체에 부장으로 있던 아버지는 태평양 전쟁이 일어나자 나날이 바빠졌다. 전쟁이 커질수록 아버지는 더 많은 월급을 받아 왔다. 덕분에 겐타로가 유년 시절을 보낸 탱자나무 집도 장만할 수 있었다. 밤늦게 퇴근하는 아버지 얼굴엔 격무에 시달린 피로감과 승승장구하는 회사의 중역이라는 자부심이 한데 섞여 있었다.

'도대체 어디 계신 거야?'

겐타로는 열대 섬으로 출장을 준비하던 아버지의 뒷모습을 떠올렸다. 그때까지만 해도 실종 전보를 받을 거라고는 상상조차 못했다. 쪽지를 받고 두 달도 안 되어 '무조건 항복' 방송을 들었다. 그 사이 어머니는 회사로, 외무성으로, 군부대로 뛰어다녔지만 소득이 없었다. 대신 아버지가 갔다는 남쪽 바다 군도(群島)에 연합군의 집중 공격과 일본군의 궤멸 소식이 쉬쉬하며 떠돌 뿐이었다.

"여기저기 당부해 놓았어. 귀국하면 도쿄로 오시라고."

도쿄엔 외가가 있었다. 밤이슬을 밟으며 도망치듯 경성을 빠져나가는 겐타로와 어머니의 목적지도 거기였다. 대대로 약재상을 하는 외가는 도쿄 토박이다운 기품과 세련미를 갖춘 집안이었다. 하지만 고생 끝에 도착한 곳은 말이 아니었다. 지난 3월의 대공습 때문이었다. 장마철 소나기처럼 쏟아지는 소이탄을 피할 방법은 없었다. 너른 다다미방을 몇 개씩 품고 있던 집과 2백 년 가까운 수령을 자랑하던 벚나무가 검게 탄 숯덩이로 바뀌었다. 그 곁에 널빤지와 가마니로 얼기설기 움막을 지어 살던 외가 식구들은 유미코 모자(母子)를 마냥 달가워할 수 없었다.

"애 아버지가 돌아올 때까지만요. 그때까지만……."

외삼촌은 머리를 조아리는 여동생을 외면하지 못했다.

유미코는 다음 날부터 일거리를 찾아 나섰다. 부유한 집의 고명딸로 자라나 험한 고생이라고는 겪어 본 일 없는 그녀였다. 시집을 가서도 내조에 전심전력한 보람을 남편의 승진과 충분한 월급으로 보상받았다. 그런 그녀에게 세상은 너무도 갑작스럽게 돌변했다. 그리고 유미코는 낯선 세상에 적응하지 못했다. 자정이 지나 대로를 가로지르던 택시에 그대로 받혀 버린 것이다. 새벽부터 밤까지 들어야 하는 고무 공장 기계 소리가 자동차의 경적 소리를 삼켜 버린 탓이었다.

움막 속에 누운 유미코 곁으로 식구들이 둘러앉았다.

"이대로라면 하반신 마비는 피할 수 없겠습니다. 빨리 수술을 받아야……."

왕진 온 의사가 말끝을 흐렸다. 수술하자면 무엇보다 돈이다.

의사를 배웅하고 들어오던 겐타로 귀에 어른들 목소리가 들렸다.

"유미코, 그게 정말이야? 그렇담 얼른 가서 찾아와야지."

외삼촌 말에 외숙모도 거들고 나섰다.

"갈 사람이 겐타로밖엔 없는데……."

"겐타로는 안 돼요. 오빠도 들으셨잖아요. 조선은 지금 무법천지라고요."

엄마 목소리가 심하게 떨렸다.

"너 이대로 가단 앉은뱅이 된단다. 신이치도 행방불명이고 우리도 더 이상은……."

이야기는 이랬다. 신당동 집을 떠나기 전, 유미코가 울타리 밑에 작은 상자를 하나 묻어 두었다. 그 안에는 패물과 작은 금괴가 들어 있었다. 친하게 지내는 이웃에게 들은 소문 때문이었다. 항구에서 불문곡직 일본인의 짐 가방은 모두 빼앗는다는 것이다. 유미코는 여행 가방을 풀어 값나가는 보석과 패물을 다시 꺼냈다. 그리고 망을 보던 겐타로가 새벽잠에 빠진 사이 상자를 울타리 아래에 깊이 묻었다.

겐타로가 거적문을 들치고 안으로 들어섰다. 유미코는 기진맥진해 눈을 감은 채였다. 외삼촌 내외는 서 있는 겐타로의 눈치를 슬금슬금 보며 땅이 꺼져라 한숨만 내쉬었다. 그 한숨 소리에 겐타로는 땅속으로 꺼지는 기분이 들었다.

겐타로는 엄마의 손을 찾아 쥐었다.

"엄마, 혹시 손거울, 그것도 놔두고 온 거예요?"

"으, 응? 아……."

청혼 선물로 받았다던 손거울은 유미코가 유난히 아끼던 물건이었다. 겐타로는 화장을 마친 어머니가 손거울로 이리저리 머리 모양을 살피던 모습을 또렷이 기억했다. 모든 것이 만족스럽고 자랑스럽고 행복한 여인의 미소가 거울 속 가득 들어 있었다.

"찾아올게요. 조금만 기다리세요."

겐타로는 외가를 나섰다. 누가 등을 떠미는 것도 아닌데 마음이 조여 왔다.

겐타로가 현관으로 올라서다 주춤 발길을 멈췄다. 구두를 신은 채 마루로 올라설 뻔했다. 왜일까? 왜 내가 내 집으로 들어가는데 신을 벗지 않는 거지? 무뢰배나 할 짓을……. 마루에 고운 먼지가 앉았다. 신발장과 서랍장, 복도 한쪽에 서 있는 옷걸이에도 뽀얀 먼지가 곱다시 얹혔다. 하긴 거의 반년 만이었다. 그 짧지 않은 시간을 이렇게 고요하고 무사하게 보낸 집이 신기할 정도였다.

겐타로는 현관 스위치로 팔을 뻗다 소스라치게 놀라며 손을 거두었다. 이제 이 집은 겐타로네 집이 아니었다. 아버지가 돌아온다 해도 되찾을 수 없는 물건이었다.

적산(敵産)! 겐타로가 경성, 아니 이제는 서울이라 불리는 이 도시로 들어와 귀동냥한 단어 중 가장 가슴에 사무친 것이 '적산'이란 말이었다. 적의 재산, 그러니까 일본인들이 귀국하며 버려두고 떠난 모든 재산을 일컫는 말이었다. 적산 가옥들은 하루아침에 주인을 잃은 채 영혼이 빠져나간 껍데기처럼 텅 비어 버렸다. 빈집들은 각기 제

16

팔자대로 새 세상을 맞았다. 해방이 되고 한 달도 되지 않아 새 주인을 맞이하는 경우가 있는가 하면 주인보다 도둑이 먼저 스며들어 집 안을 온통 헤집어 놓기도 했다. 고약한 사람을 주인으로 삼은 탓에 8월 15일 당일로 몽둥이질을 당하다 불길에 휩싸여 버린 집도 있었다. 그러나 많은 경우 새 주인이 정해질 때까지 침묵의 근신에 들어가 있었다.

탱자나무 집 역시 마찬가지였다. 나무 대문이 널빤지로 가위표가 쳐진 채 굳게 잠겼다. 탱자나무엔 과실이 하나도 매달려 있지 않았다. 돌보지 않은 나무엔 열매도 맺히지 않는 걸까? 주인 없다고 아무나 따 가 버린 걸까? 겐타로는 쓸쓸한 얼굴이 되어 잎이 다 떨어진 나무들을 내려다봤다. 안으로 들어갈 길을 찾아 집 주위를 뱅뱅 돌던 겐타로는 하는 수 없이 울타리를 비집고 들어갔다. 가시 끝에 바짓단이 걸려 하마터면 옷이 찢어질 뻔했다.

겐타로는 신을 벗고 올라서 큰방으로 들어섰다. 방문을 닫자 무릎에 힘이 풀려 스르르 주저앉았다. 집에 돌아왔다는 안도감과 더이상 이 집은 내 보금자리가 아니라는 자괴감이 한꺼번에 밀려와 몸을 가눌 수가 없었다. 집은 그대로인데 모든 것이 바뀌었다. 돌이킬 수 없을 정도로 망가져 버렸다.

겐타로는 엉금엉금 기어 벽장으로 갔다. 그 안에는 부모가 쓰던 이불 두 채와 유미코의 기모노 상자가 들어 있었다. 벽장문을 열자 너무도 익숙한 냄새가 쏟아져 나왔다. 엄마 냄새였다. 겐타로는 꿈

틀꿈틀 벽장 속으로 기어 들어가 문을 닫았다. 칠흑이 그의 가슴을 눌렀다. 겐타로는 이불 위에 쪼그리고 누워 잠이 들었다. 따뜻한 자궁 속을 떠다니며 잠자는 태아와 같은 모양새였다.

*

이튿날 해거름 녘, 겐타로는 서재에 있던 탁상시계를 들고 집을 나섰다. 금장식이 고급스러운 스위스제였다. 아침에 부엌을 살펴보니 음식은 모두 어디로 증발했는지 쌀 한 톨 보이지 않았다.

"이상하다. 분명 쌀과 된장, 쓰케모노(채소 절임)가 남아 있을 텐데."

사람이 들고 난 흔적은 없었다. 옷장이며 벽장 안 물건들, 창고 속 연장들도 고스란히 제자리를 지키고 있었다. 부엌만 텅 비었다. 통조림과 마른 국수, 찬장 속 건어물도 간 데가 없다. 설탕, 소금 등의 양념 통까지 설거지한 듯 깨끗했다. 겐타로는 패망 후 조선이 요지경 속이라고 생각했다. 하긴 그로선 알 도리가 없었다. 탱자나무 집이 빈 후 떠날 시기를 놓친 일본인 이웃들이 겐타로네 부엌에 드나들었던 사실을 말이다. 그들은 유폐된 죄인처럼 저잣거리에 나다니지 못하자 떨어지는 식량을 채우기 위해 비어 있는 적산 가옥들을 조심스럽게 뒤졌다. 그리고 일본으로 가는 배편을 구하는 즉시 뒤도 돌아보지 않고 동네를 떠났다.

겐타로는 손가락을 꼽으며 걸었다. 상자를 파내는 데 길어도 사나흘이다. 그때까지만 굶지 않고 지내면 된다. 소년은 탁상시계를 금은방에 넘기고 부랴부랴 동대문 시장으로 향했다.

겐타로가 돈과 먹을거리를 바꾸어 집으로 향한 시각은 저녁 아홉 시 근처였다. 돈을 주고도 쌀을 못 구한다는 소문이 허풍이 아니었다. 소금값도 지난여름에 비해 다섯 배는 족히 올라 있었다. 대신 구경한 적 없는 미국 물품이 거리 좌판에 즐비했다. 겐타로는 미군 부대에서 흘러나왔다는 콩 통조림과 쇠고기 스튜 봉지를 사 가지고 발길을 돌렸다.

거리는 어두웠다. 가로등이 멀쩡했지만 전기가 들어오지 않아 군데군데 남폿불 밝힌 가게들에게 신세를 지는 형편이었다. 8월 이후 삼팔선을 경계로 남북으로 나뉜 조선은 전기 공급 때문에 신경전을 벌였다. 발전량의 7할을 담당하는 북쪽에서 예고 없이 전기 수급을 끊기 일쑤였다.

"도대체 해방, 해방 하는데 반도가 나아진 게 무어야?"

겐타로는 머리를 흔들었다.

그때였다. 눈부신 전조등 불빛이 겐타로 뒤통수를 때렸다. 소년이 흠칫 놀라 뒤를 돌아보았다. 어머니가 차 사고를 당한 후 서 있는 자동차만 봐도 온몸이 경직되고 식은땀이 솟았다. 위풍당당한 승용차, 스튜드베이커가 얼빠진 겐타로를 지나쳐 멈추어 섰다. 묵직한 차 안에서 콧수염이 멋들어진 신사 한 명과 젊은이가 내렸다.

신사는 흰 양복에 크림색 중절모 차림이었다. 희끗희끗한 머리 때문에 나이 지긋해 보였지만 옷 아래로 비치는 근육질 몸매는 그가 다부진 체육인임을 증명했다. 젊은이 역시 큰 키에 침착하고 영민한 표정으로 보아 단순한 운전기사는 아닌 듯했다.

"선생님, 최 군 금방 온다 했으니 같이 가시지요."

젊은이가 발걸음을 떼려는 신사를 만류했다.

"바로 요 앞인데 뭣 하러 불렀어. 회관 뒷정리로 바쁠 텐데."

신사는 차 안에 있던 서류 가방을 꺼내 들며 말을 이었다.

"윤 비서는 여기서 기다리게. 내 진동 씨 얼굴만 얼핏 보고 나옴세."

"그래도…… 선생님!"

젊은이가 불렀지만 신사는 아랑곳하지 않고 성큼성큼 골목 안으로 들어갔다.

겐타로도 같은 골목으로 들어섰다. 집으로 가는 방향이기 때문이었다. 겐타로는 몇 걸음 앞서 걷는 신사의 등을 바라보며 미간을 찌푸렸다. 어디선가 본 적이 있는 사람이다. 실제로 만난 적이 없다면 신문이든 잡지든 한번은 본 인물이다. 그런데 통 떠오르질 않았다. 겐타로는 신사의 발걸음에 묘한 끌림이 일었다. 흐트러짐 없는, 그러나 여유로운 그 걸음새는 당당한 남자만이 가질 수 있는 것이었다. 조선인에게선 좀처럼 볼 수 없었던 자신감이랄까? 보기에 따라선 조선인치고는 좀 건방진 모습이었다. 겐타로는 알 수 없는 호기

심에 집을 지나치는 줄도 모르고 신사를 뒤쫓았다. 그러다 아차, 하며 발걸음을 돌렸다. 겐타로가 집 앞에 다다랐을 때였다. 난데없는 목소리가 골목 저쪽에서 들려왔다.

"저기, 혹 몽양 선생 아니십니까?"

쳐다보니 웬 키 큰 청년이 신사 앞을 가로막고 서 있었다.

"예, 반갑습니다만……,어디서 뵀더라?"

신사는 청년이 청하는 악수에 응대하다 그대로 굳어 버렸다. 청년이 신사의 오른손을 잡자마자 왼손에 쥔 권총을 꺼내 들었기 때문이다. 청년은 권총을 신사 옆구리에 바짝 들이대며 속삭였다.

"저희하고 좀 가시죠."

그 말을 신호로 꺾어진 골목에서 청년 둘이 나와 신사를 둘러쌌다.

겐타로는 청년이 권총을 꺼내자마자 울타리 뒤로 몸을 숨겼다. 심장이 목구멍 밖으로 튀어나올 것처럼 쿵쾅거렸다. 순간 신사가 누군지 선명하게 떠올랐다. 몽양 여운형, 일본 패망 직전까지 조선 내에서 독립운동을 하던 몇 안 되는 인물 중 하나였다. 총독부와 아슬아슬한 줄타기를 하며 조선의 젊은이들을 위해 각종 체육 사업을 이끌었다고 했다. 그런 거물이 겐타로 눈앞에서 납치를 당한 것이다.

청년 셋이 몽양을 끌고 골목 안쪽으로 사라졌다. 겐타로는 잠시 어떻게 해야 할지 몰라 우물쭈물했다. 사람이 눈앞에서 납치를 당했다. 그런 광경은 난생처음이다. 내가 할 수 있는 건 없다. 모른 척 집

안으로 들어가 구해 온 쌀로 밥을 해 먹으면 그만이다. 그런데 과연 밥이 목구멍으로 넘어갈까? 겐타로는 먹을거리가 든 자루를 울타리 안으로 던져 놓고 그쪽을 향해 뛰기 시작했다. 아니다. 먼저 한길에 서 기다리고 있는 비서에게 알려야 한다. 그런데 그사이 무리를 놓치면 어떡하지? 겐타로는 다시 거리 쪽으로 발길을 잡았다. 윤 비서는 차에 기대서서 담배를 피우고 있었다.

"큰일 났습니다!"

겐타로가 더듬거리며 골목 쪽을 가리키자 윤이 꽁초를 바닥에 패대기쳤다.

"내 이럴 줄 알았어. 어이, 이거 받아!"

윤은 겐타로에게 손전등을 던지듯 건네곤 달리기 시작했다. 방금 도착한 최 경호원까지 합류했다.

"그놈들 분명 민청 소속일 겁니다!"

최가 숨 가쁘게 내뱉었다.

민청이란 '대한 민주 청년 동맹'을 줄여 부른 말이었다. 민청은 우파의 백색 테러를 주도하는 세력으로 악명이 자자했다. 민청뿐만이 아니었다. 해방 후 우후죽순으로 생겨난 청년단의 횡포는 일상이 되어 버렸다. 좌익, 우익을 불문하고 서로를 겨냥한 무차별적 테러와 폭력이 거리를 횡행했다. 벌건 백주대낮에 패싸움이 붙고, 한강변 모래사장에 신원을 알 수 없는 시체가 쓸려 왔다. 대부분 젊은이들이었다. 이런 사건들이 가뜩이나 어수선한 조선을 불안 속으로 몰아넣었다.

몽양은 일제의 패망을 점치며 광복 1년 전부터 건국 동맹 위원회를 결성해 해방을 준비했다. 그러나 평범한 조선인들은 피 말리는 식민 정책 밑에서 신음하느라 한치 앞을 내다볼 수 없었다. 그러다 갑자기 닥친 8월 15일, 조선인들은 한나절이 지나도록 어리둥절할 수밖에 없었다.

총독부가 물러 간 자리엔 엉뚱하게도 미군정이 들어앉았다. 엄격히 보자면 '엉뚱하게'는 아니었다. 일본은 미국에 항복했고, 조선은 일본의 식민지였다. 전쟁에서 승리한 미국이 일본이 소유했던 조선을 접수하는 건 당연한 수순이었다. 그러니까 미국 입장에서 보면 한반도가 '적산'인 셈이었다.

친일파, 빨갱이, 좌익분자, 변절자 등의 단어가 하루도 빠짐없이 신문지상에 오르내렸다. 무수한 정당이 이름이 채 익기도 전에 나타났다 사라졌다. '자고 일어나면 정당 하나'라는 우스갯소리가 민중을 심란하게 했다. 그렇게 해방의 기쁨은 번개처럼 찾아왔다가 안개처럼 사라졌다.

"어디로 납치한 거야?"

윤과 최는 골목이 두 갈래로 갈라지는 곳에서 발을 굴렀다. 그때, 겐타로 눈이 반짝 빛났다.

"뒷산이요! 뒷산으로 갔을 거예요."

겐타로는 이 말만 던져 놓고 뛰기 시작했다.

최가 겐타로 등에 대고 소리쳤다.

"뒷산이라니?"

"옛날에 순사들이 그러는 거 봤거든요. 불량 선인 잡아다가 고문하고, 고문 때문에 다 죽어 가면 여기 뒷산으로 끌고 와서……."

겐타로가 정신없이 뛰며 설명하다 입을 꾹 다물었다. 두 조선 젊은이의 얼굴이 저승사자처럼 차갑고 무섭게 변했기 때문이다.

세 사람은 뒷산으로 올라가 헤매 다녔다. 얼마나 그러고 다녔을까? 갑자기 겐타로 시야에 한 무리의 사람이 들어왔다. 겐타로는 양옆에서 수색 작업을 펼치던 윤과 최에게 손짓을 했다.

최가 찌르듯 말했다.

"덮치죠!"

"아직! 위험해!"

윤이 얼음장 같은 목소리로 짧게 끊어 대답했다.

납치범들이 천을 꺼내 몽양의 눈을 가리고 그의 가죽 혁대를 풀었다. 그걸 몽양의 양쪽 다리에 둘러맸다. 권총을 쥐고 있던 청년이 땅바닥에 총을 내려놓고 바지춤에서 노끈을 꺼내 몽양의 목에 휘감기 시작했다. 몽양은 목이 졸리기 시작하자 몸을 뒤틀며 거세게 반항했다. 다부진 몸에서 나오는 완력에 납치범들이 당황했다. 그들은 몽양의 발길질과 주먹을 이겨 낼 수 없었다. 몽양은 곧 청년들의 손아귀에서 풀려나와 눈가리개를 벗어 버렸다. 순식간에 벌어진 일이었다. 그 광경을 본 겐타로가 손전등을 켜 마구 휘둘렀다. 그 바람에 청년 셋이 주춤 물러서며 겐타로 쪽을 쳐다봤다. 그와 동시에 윤과 최가 뛰쳐나가며 고함을 질렀다.

"선생님!"

"야, 이놈들아!"

벼락같이 달려드는 윤과 최를 본 청년들은 방금 전까지 등등하던 위세는 간데없이 줄행랑을 놓았다. 몽양도 그 틈을 타 산비탈 아래로 몸을 던졌다.

구사일생으로 살아난 몽양이 겐타로의 어깨를 두드렸다.

"일단 우리 집으로 갑시다. 이런 인연으로 만난 사이에 통성명이 없어서야 되겠소?"

겐타로는 사양할 새도 없이 몽양의 집으로 초대되었다. 몽양은 먼저 놀란 가족들을 위로했다. 급히 소식을 듣고 달려오는 손님들로 집 안이 금세 가득 찼다. 그러나 몽양은 다른 손님은 물리치고 응접실에서 켄타로와 마주 앉았다. 다만 윤 비서와 최 경호원만이 자리에 허락되었다. 곧바로 밥상이 들어왔다. 밥상엔 간만에 보는 쌀밥과 조선 된장국이 푸짐하게 올라 있었다. 겐타로는 염치 불구 밥그릇을 싹 비웠다.

"어디, 김치가 입에 맞소이까?"

몽양의 느긋한 물음에 겐타로가 입가를 훔쳤다.

"예?"

"아무리 조선에서 태어나 자랐어도 일인들 입맛에는 우리 김치가 매울 텐데?"

몽양의 대꾸에 오히려 윤과 최의 눈이 휘둥그레졌다.

"기즈카레 마시다카(눈치채셨습니까)?"

겐타로가 일어로 되물었다.

"좀 전에 집 안에 들어서는 모습을 보고 확신했지요."

몽양은 겐타로가 댓돌 위에 벗은 신발을 바깥쪽으로 돌려놓던 모습을 얘기했다.

겐타로가 정리를 하고 허리를 굽혔다.

"정식으로 인사드리겠습니다. 요시무라 겐타로라고 합니다. 잘 부탁드리겠습니다."

"야, 이거 완전히 속아 넘어갔구먼. 억양까지 서울내기던데."

윤과 최가 감탄을 연발했다.

겐타로는 조선인 동기들을 통해 들은 몽양의 활약상에 대해 얘기했다.

"다들 하나같이 선생님을 인기 영웅으로 말했습니다. 그래서 아까 이상했지요. 그런 몽양 선생인데 왜 저들은 총구를 들이대는 거지? 하고 말입니다."

겐타로 물음에 잠잠히 있던 몽양이 입을 뗐다.

"자넨 왜 돌아왔나?"

"예? 전 물건을 찾으러……."

"마찬가질세. 총구를 들이대던 그 청년들도, 또 나를 인정해 주던 학생들도."

겐타로는 선문답 같은 대꾸에 눈을 깜빡였다.

몽양은 밥상 위에 놓인 술잔을 단숨에 들이켰다.

"모두들 저마다의 답을 찾으려고 헤매는 거지. 좌가 옳다, 우가 옳다, 하면서 말일세."

"그럼 선생님 생각은 어떠십니까? 좌가 옳습니까? 우가 옳습니까?"

몽양은 겐타로를 지그시 바라보았다.

"나는 좌도 우도 아닐세. 아니, 우익도 좌익도 될 수 있지. 우리 민족의 해방과 통일을 위해서라면 그 무엇도 될 수 있어. 친일파들은 나를 빨갱이라고 손가락질하네. 공산주의자들은 나를 친일파, 친미파라며 배신자 낙인을 찍었지. 하지만 난 아무렇지도 않아. 나는 그들이 내 목에 걸어놓은 그 어떤 누명과도 상관없네. 나는 이 나라의 미래와 조선 청년들의 앞날만을 걱정하는 민족주의자일 뿐이야. 내게 오직 중요한 단어는 조선의 독립이자 통일된 조국이지. 그 이외의 것에 나는 한 번도 흔들린 적이 없네."

겐타로가 풀 죽은 목소리로 말했다.

"선생님이 부럽습니다. 전 이 땅에서 찾을 답이 없거든요. 반도가 고향이지만 지금은 추방당한 이방인일 뿐입니다. 더 슬픈 건 내지에서도 마찬가지란 거죠. 여기서 도망쳐 나간 사람들은 거기서도 뜨내

기더군요."

고개를 주억거리며 듣던 몽양이 말했다.

"잘 듣게, 요시무라 군. 오히려 자네와 같이 조선에서 태어나 일본
인으로 살아가는 청년이야말로 귀한 존재야. 두 나라를 잇는 가교가
될 재목이거든. 조선 청년이 조선의 미래를 위해 헌신해야 하듯 일본
청년은 일본의 올바른 미래를 위해 헌신할 각오를 다져야 할 걸세."

방 안에 짧은 침묵이 흘렀다.

"가교 역할이라……. 전 그동안 세상에 나온 이유를 찾을 수 없었
습니다. 군수품을 팔던 아버지가 실종되고 어머니는 교통사고로 반
신불수가 될 지경입니다. 그 사이에서 저란 인간이 할 수 있는 일은
아무것도 없었습니다."

몽양이 겐타로에게 술잔을 내밀었다.

"자넨 이제 막 인생을 살기 시작한 것뿐이야. 할 수 있는 일은, 해
야 할 일은 얼마든지 있어."

겐타로는 술과 함께 몽양의 격려를 삼켰다.

*

겐타로가 집으로 돌아온 건 동이 트기 시작한 새벽녘이었다. 현관
으로 들어서던 그가 우뚝 섰다.

'뭔가 있다!'

집 안은 괴괴할 정도로 고요했지만 낯설고 긴장된 공기가 떠돌고 있었다. 겐타로는 신발장 옆에 세워 둔 죽도를 집어 들었다. 큰방에서 작은방으로, 욕실을 건너 복도 끝 창고 문을 여는 순간 무언가 커다란 덩어리가 겐타로에게 덤벼들었다. 겐타로는 본능적으로 몸을 비틀어 공격을 모면했다. 동시에 죽도로 덩어리의 뒷등을 힘껏 내리쳤다.

"윽!"

커다란 몸집과 달리 침입자는 맥없이 고꾸라졌다.

겐타로는 양손으로 틀어쥔 죽도를 머리 위로 올리고 다음 가격을 준비했다. 하지만 복도에 널브러진 침입자는 미동도 없었다. 겐타로는 죽도 끝으로 침입자의 몸 여기저기를 쿡쿡 찔렀다.

"뭐냐, 넌?"

대답이 없다. 혹시 죽은 건가? 겐타로는 와락 겁이 나 침입자를 뒤집어 눕혔다.

"이런!"

얼굴은 케이오 패 당한 권투 선수처럼 검붉게 부풀어 올랐고 코와 입 주위엔 말라붙은 피딱지가 범벅이었다. 비쩍 마른 몸이 성한 데가 없었다. 와이셔츠 아래로 피멍 든 몸통이 흉하게 비쳤다. 구겨진 바짓단에는 진흙이 잔뜩 묻어 있었다. 그런데 가만 보니 입성에 비해 앳돼 보였다. 잘해야 스무 살? 아직 풋내가 가시지 않은 입 매무새가 겐타로를 더욱 혼란스럽게 했다. 이 사람도 몽양 선생처럼 테러를 당한 건가? 그런데 우리 집엔 어떻게 들어온 거지? 습격을 피해

달아나다? 하지만 한 동네에서 테러가 연거푸 일어날 수 있나? 하긴 요즘 반도의 사정이라면 안 될 것도 없지. 겐타로는 머릿속을 가득 채우는 물음을 억누르며 침입자의 어깨를 흔들었다.

"이봐! 정신 좀 차려 봐요!"

"무…… 물 좀!"

침입자는 이 말을 끝으로 정신을 놔 버렸다.

침입자가 눈을 뜬 건 저녁 참이었다. 그는 간신히 몸을 일으켜 낯선 방을 두리번거렸다. 밥상을 들고 들어오던 겐타로가 말을 건넸다.

"일어났소?"

"여기가 어디오?"

"어디긴, 당신이 몰래 숨어든 내 집이지."

"아……."

"당신 누구요? 무슨 곡절로 만신창이가 되어 남의 집에 숨어든 거요?"

겐타로의 물음에 침입자는 잠시 망설이다 입을 뗐다.

"한지근. 나이는 열아홉. 평양 출신이오."

대답은 선선하면서도 짧았다. 생긴 것 또한 그러했다. 군살이라곤 없는 마른 몸매였지만 약해 보이진 않았다. 노동으로 단련된 근육이 분명했다. 대신 인상이 어려웠다. 얼핏 보면 시골 농투성이처럼 순진한 표정이지만 문득문득 치뜨는 눈매가 날카롭고 차가웠다. 그의 얼굴은 이제 막 무리에서 독립한 젊은 늑대 같았다.

겐타로도 자신의 이름과 나이를 말해 주었다.

"그럼 내가 형이 되나?"

한지근의 말에 겐타로가 피식 웃었다. 나이만 알면 그 자리에서 바로 형 동생이 되는 이 단순한 간편함. 일본인들은 죽었다 깨도 흉내 낼 수 없는 조선인들만의 끈끈함이다. 겐타로는 그러자며 고개를 끄덕였다.

지근이 방 안을 두리번거리며 물었다.

"내가 얼마 만에 깬 거지?"

겐타로는 지난 사흘간을 얘기해 주었다.

"덕분에 살았군. 하지만 내가 여기 있다는 걸 밖에다 말하면 안 돼."

한지근이 딱 잘라 말했다.

"왜? 무슨 사연인지 물어봐도 돼?"

"모르는 게 네 신상에 좋아."

겐타로는 무안해져 눈을 껌뻑거렸다. 친한 척하다가도 돌연 차갑게 변하는 지근의 태도에 자신이 놀아나는 느낌이었다. 그러거나 말거나 한지근은 상을 제 앞으로 끌어다 밥을 먹기 시작했다. 밥을 씹을 때마다 어디가 아픈지 오만상을 찌푸렸지만 게걸스럽게 먹어 댔다. 겐타로는 그의 사정이 몹시 궁금했다. 하지만 묻기는 단념했다. 당당한 신분을 갖지 못한 열아홉 청년, 지금 서울 거리는 그런 이들로 넘쳐나기 때문이다.

한지근이 자리보전을 하며 상처를 아물리는 사이, 겐타로는 밤마다 울타리 밑을 파 보았다. 하루가 급했다. 병석에 누운 어머니에게 돌아가야 했다. 하지만 상자는 좀처럼 나오질 않았다. 조금씩 몸을 움직이게 된 한지근이 조용히 툇마루로 나와 마당 구석에서 꾸물거리는 겐타로의 등을 가만히 바라보곤 했다.

식량 사정은 나날이 악화되었다. 덩달아 물가도 망나니 칼춤 추듯 껑충거렸다. 값나가는 세간을 들고 나가 이틀 치 쌀을 바꾸면 운 좋은 날이었다.

감자 자루를 어깨에 둘러맨 겐타로가 땅을 보며 묵묵히 걷는데 누군가 앞을 막아섰다.

"요시무라 군? 설마 너니?"

고개를 들어 보니 교복을 입은 학생이 놀란 얼굴로 서 있었다. 겐타로는 누군지 못 알아보고 멍하니 서 있다 번쩍 놀라며 소리쳤다.

"아니! 요키치!"

"이젠 요키치가 아니지. 권성혁, 본명으로 불러 다오."

"성혁? 아, 미안하다."

성혁은 겐타로와 2년 연거푸 같은 반이었다. 하지만 친한 사이는 아니었다. 요키치는 그 누구하고도 친하지 못하는 외톨이였다. 언제나 기죽은 표정으로 여기저기를 힐끔거리던 요키치, 그랬던 아이가 구부정한 어깨를 당당히 펴고 겐타로 앞에 서 있었다. 겐타로는 자신에게 어렵사리 말을 걸던 요키치를 못 본 척 무시하던 기억이 떠올랐다. 겐타로는 고약한 녀석들처럼 요키치를 대놓고 괴롭히지는 않았다. 그렇다고 따돌림당하는 친구를 챙겨 준 적도 없었다. 요키치와 친하게 지낸다는 건 자신 또한 그와 같은 부류라는 걸 선언하는 짓이기 때문이다.

성혁이 겐타로 왼 어깨 위에 걸린 자루를 건너다보며 물었다.

"웬일이야? 일본으로 돌아간 거 아니었어?"

"찾을 물건이 있어 잠깐 나왔어. 곧 다시 들어갈 거야."

성혁은 의심 가득한 눈으로 겐타로를 위아래로 훑었다.

"찾을 물건? 그게 뭔데?"

겐타로가 대답을 못 하고 우물거리자 성혁이 기분 나쁜 미소를 지으며 물었다.

"어깨에 멘 건 뭐야? 감잔가?"

겐타로는 죄진 것도 없는데 자루를 얼른 내려 뒤로 감추었다. 도시락을 안 빼앗기려고 운동장 한구석에 숨어 먹던 요키치가 떠올랐다.

"하긴 다들 먹을거리 구하느라 혈안이 되어 있지."

"아, 아니, 이건 내가……."

"알아, 알아. 누가 너보고 도둑질했대?"

성혁이 겐타로의 오른쪽 어깨를 두드리며 대답했다. 순간 겐타로 얼굴이 확 달아올랐다. 성혁, 아니 요키치가 자신의 어깨에 손을 올린 적은 한 번도 없었다. 어깨는커녕 말 붙이는 것조차 쩔쩔매던 녀석이었다. 그런데 지금 그는 한 번도 본 적 없는 거만한 표정으로 마치 장군이 일병을 격려하듯 겐타로의 어깨를 두드린 것이다.

성혁이 겐타로에게 바짝 다가서서 말했다.

"해방되고 세상이 뒤죽박죽되었다고 한탄들 하지만 난 아니다. 너희들 없으니 이제야 살 거 같아."

성혁이 눈을 찡긋하더니 제 갈 길로 가 버렸다. 겐타로는 무거운 발걸음을 옮기며 병석의 어머니가 하던 말을 떠올렸다.

"조선으로 돌아가고 싶다. 널 낳고 키운 그 평화롭고 따스한 집으로 다시 가고 싶어."

지독한 착각이다. 어머니가 그리던 집은 이제 어디에도 없다. 아니, 처음부터 그런 곳은 세상에 없었다. 총독부가 다스리던 그때의 경성, 그 안에서 일본 사람으로 살아가던 이들은 어쩌면 한 번도 진짜 조선과 조선 사람을 본 적이 없는지도 몰랐다. 겐타로는 서둘렀다. 한시라도 빨리 상자를 파내 이 도시를 떠나고 싶었다.

집에 와 보니 한지근의 모습이 보이지 않았다. 요 며칠 몸이 낫자 부쩍 외출이 잦은 그였다.

한밤이 되었다. 겐타로는 꽃삽을 들고 울타리 앞에 쪼그려 앉았다. 그동안 순서대로 파 보았던 자리들을 돌아보았다. 뒤집어진 흙이 울룩불룩하게 솟아 있었다. 꼭 거름을 주고 난 후 모습 같았다.

잠시 후, 겐타로 팔에 힘이 빠졌다. 이제 파 봐야 할 곳은 1미터도 안 남은 가장자리가 전부였다. 여기서도 상자를 발견하지 못한다면 이대로 빈손으로 돌아가거나, 다시 처음부터 더 깊이 파 볼 수밖에 없다. 겐타로는 자리를 정확히 물어보지 않고 떠나온 스스로가 한심했다. 한심을 지나 화가 치밀어 올랐다. 입안도 바짝바짝 말랐다. 수술 시기를 놓치면 영영 일어설 수 없게 되는 어머니의 얼굴이 눈앞을 가득 채웠다.

지친 겐타로가 막 일어서려는데 뒤에서 소리가 들렸다.

"만날 거기서 뭐 하나?"

돌아보니 얼굴이 불콰해진 한지근이 바지에 두 손을 찔러 넣고 이쪽으로 다가오고 있었다.

"뭐 하든 무슨 상관이야?"

겐타로가 허겁지겁 흙으로 구덩이를 메우며 대꾸했다.

"하여튼 쪽발이 놈들은 속을 모르겠단 말이야."

쪽발이란 말에 겐타로가 벌떡 일어섰다. 그렇지 않아도 한 놈만 걸려라, 하던 차였다.

"너 지금 뭐라고 했어? 쪽발이?"

"아! 내가 취해서 말실수를 했나? 생명의 은인한테?"

한지근은 오늘따라 분위기가 이상했다. 하긴 오늘뿐이 아니었다. 외출에서 돌아올 때마다 얼굴에 드리운 그림자가 짙어지던 그였다. 마치 시한폭탄을 가슴에 매단 사람처럼 위태롭다가도 한순간에 말짱해져 헤헤거리곤 했다. 가뜩이나 심란한 겐타로는 한지근의 변덕이 적잖이 성가시던 참이었다.

겐타로가 고개를 내저으며 말했다.

"다 나았으면 그만 나가 줘."

그 말에 한지근이 비웃듯 말했다.

"깜빡한 모양인데, 이 집에서 없어져야 할 사람은 내가 아니라 너다."

겐타로가 황당한 표정으로 대꾸했다.

"나라니?"

"그래, 너. 무슨 염치로 돌아온 거냐? 여기가 아직도 너희들 나와바리(세력권)로 보여?"

지근이 비아냥거리며 뇌까렸다.

순간 겐타로가 지근의 멱살을 잡아 확 밀어젖혔다. 그 바람에 지근이 벌러덩 나자빠졌다.

겐타로가 일갈했다.

"엄마 물건만 찾으면 돌아갈 거다. 가지 말래도 간다고. 여긴 더이상 고향도 낙원도 아니니까!"

지근이 엉덩이를 털며 일어섰다.

"낙원? 너희들의 그 낙원을 꾸며 주기 위해 얼마나 많은 조선 사람들이 거름으로 썩어 갔는지 알아?"

그 말에 겐타로 눈앞에 기억 하나가 스쳤다. 한 해도 빠짐없이 울타리에 거름을 주고 가지치기를 해 주던 조선인 인부. 그러고 보니 유미코는 그에게 탱자 한 알 쥐어 준 적이 없었다.

"하긴 쪽발이들이 그런 걸 알 리가 없지."

지근이 혼잣말을 하곤 집 안으로 들어가 버렸다.

한참을 제자리에 서서 눈만 껌뻑거리던 겐타로가 후다닥 집 안으로 뛰어 들어갔다. 겐타로는 큰방 구석에 벌러덩 누운 지근의 허벅지를 발로 세게 질렀다.

"너지! 상자 훔쳐 간 게!"

"뭐? 뭘 훔쳐?"

"내가 쌀 사러 나간 동안 네가 판 게 분명해."

"이게 미쳤나? 내가 왜 남의 걸……?"

"조센징이니까!"

겐타로의 대꾸에 지근이 덤벼들었다. 겐타로는 두 팔을 휘둘렀지만 역부족이었다. 지근이 작심한 듯 겐타로를 두들겼다. 속수무책으로 당하던 겐타로가 간신히 지근의 손아귀에서 빠져나와 벽장문을 열어젖혔다. 그 안에는 탱자나무 집으로 돌아오던 날 숨겨 두었던 일본도가 꼭대기 시렁 위에 있었다. 아버지가 가보로 아끼던 장도였다. 겐타로는 미친 듯이 벽장 안을 타고 올라 팔을 뻗었다. 그런데 일본도 대신 갑자기 묵직한 물건 하나가 방바닥으로 툭 떨어졌다.

*

"뭐, 뭐야? 이건!"

수건으로 싸인 그 물건이 불빛 아래 몸을 드러냈다. 권총이었다.

겐타로는 너무 놀라 주춤 물러서다 총을 집어 들었다. 차갑고 매끈한 총신이 소름 끼쳤다. 그때, 뒤에서 성마른 목소리가 들렸다.

"네가 찾는 게 이거냐?"

돌아보니 지근의 손에 나무로 만든 상자가 들려 있었다.

겐타로 눈에서 불똥이 튀었다. 소년은 지근에게 총구를 겨누었다.

"내놔!"

"너부터 내놔."

"네 물건 아니잖아."

"그것도 네 물건 아니다."

"시끄럽고 빨리 내놔! 아니면 쏠 테다."

겐타로가 떨리는 목소리로 겁박했지만 지근은 피식 웃을 뿐 미동도 없었다.

"너 총을 어떻게 쏘는지 알기나 하냐?"

겐타로가 움찔하자 지근이 달래듯 목소리를 낮췄다.

"너에게 쏠 일 없으니 총과 상자를 맞바꾸자. 넌 이 상자가 절실하고 나도 그 물건이 필요하다."

겐타로가 물었다.

"너 청년단이냐?"

지근이 어깨를 들썩였다.

"그게 너랑 무슨 상관인데?"

"그럼 너도 테러범이냐? 폭력배냐고!"

지근은 테러범이란 단어에 눈을 찌푸릴 뿐이었다.

젠타로는 망설였다. 지근의 말이 맞았다. 그에게 총은 아무 쓸모가 없었다. 그런 물건을 가지고는 배에 오를 수도 없었다. 천운으로 숨겨 가지고 간다 한들 아픈 엄마를 살리는 데 아무 도움도 되지 않는다. 하지만 총을 지근에게 돌려주면 누군가 죽는다. 총을 돌려주면 알지 못하는 누군가 죽게 될 것이고 돌려주지 않는다면 일본의 어머니를 잃게 된다.

지근은 흙빛이 되어 주저하는 젠타로를 쳐다봤다.

"너 항상 궁금했지? 왜 내가 피투성이가 되어 이 집으로 숨어들었는지. 좋아, 얘기해 주마. 난 그날, 위에서 받은 임무를 실패했다."

지근이 조직으로 돌아가니 사상 검열이 기다리고 있었다. 사상 검열이란 우파 청년단에서 종종 자행되는 집단 폭행이었다. 테러나 납치 임무를 실패하거나 조직 내 규율을 어겼을 경우 사상이 의심스럽다며 가해지는 체벌이었다. 사상 검열 중 사망자가 나와도 한강에 시체를 던져 버리는 것으로 그만이었다. 지근은 죽음이 목전에 다가오는 순간 사무실에서 도망쳤다. 그리고 탱자나무 집으로 숨어든 것이었다.

젠타로가 놀란 눈으로 지근을 바라봤다.

"놀랄 거 없다. 작금의 조선에서 매일같이 벌어지는 일이니까."

"무엇 때문에 그런 테러 단체에 들어간 거야? 너도 반공주의자냐?"

젠타로의 물음에 지근이 자조 섞인 웃음을 흘렸다.

"이념? 사상? 난 그딴 거 몰라. 돈이다, 오직 돈. 혈혈단신 월남한 농사꾼 자식에게 주어지는 기회란 그런 더러운 일 말고는 없거든. 여기 남쪽에선 차라리 친일파가 더 나은 대접을 받아. 너도 다니며 눈치챘겠지만 왜정 때 끗발 날리던 놈들은 고스란히 제자리로 돌아갔어."

지근이 덧붙였다.

"반공주의자냐고? 뭐, 그래. 그 말도 틀린 말은 아니지. 우리 아버지가 빨갱이한테 개죽음을 당했으니까."

북쪽에서 한창 진행 중인 토지 무상몰수 무상분배 정책 때문이었다. 하루아침에 농토를 잃게 된 지근의 아버지가 서류를 들고 찾아온 당 관리에게 대들자 호위병으로 따라왔던 소련군이 그를 향해 총을 쏘았다.

지근이 중얼거렸다.

"난 어느 편에든 서야 한다. 내가 원하건 원하지 않건 중요한 게 아니야. 지금은 내가 누구냐보다 내 팔뚝에 찬 완장이 무슨 색깔이냐가 더 심각한 시절이란 거지."

"그렇다고 해서 남을 해치고 죽이는 일이 정당화되진 않아."

"서울에선 모두가 날 무시해. 나이가 어리다고, 부모가 없다고, 가난하고 배운 게 없다고, 뒷배도 돈도 없다고. 하지만 이번 임무만 해치우면 그 누구도 날 무시하지 못한다. 사람을 죽일 줄 아는 사람은 모두가 두려워하니까. 이념이고 정치 철학이고 다 필요 없어. 돈 주

40

는 사람이 죽이라는 사람만 죽이면 그만이다. 그러니 그거 이리 내. 니 엄마 살리고 싶으면!"

겐타로는 결국 말없이 총을 내밀었다.

다음 날, 겐타로는 상자를 옆구리에 끼고 탱자나무 집을 나섰다. 지근은 언제 나갔는지 아침부터 보이질 않았다. 겐타로는 골목을 나가다 뒤를 돌아보았다.

"이젠 진짜 작별이군."

눈가가 달아오를 법도 하건만 겐타로의 얼굴은 덤덤했다.

겐타로가 혜화동 로터리에 다다른 시각은 오후 한 시가 조금 지난 때였다. 인천항으로 가는 버스를 탈 수 있는 곳이 거기였다. 겐타로는 로터리 한쪽에 서서 정류장을 찾느라 두리번거렸다. 그러다 저쪽에서 큰길로 감아드는 자동차 한 대가 시야에 들어왔다.

"어? 저 차는?"

8기통의 검은색 승용차 스튜드베이커, 봉양 선생의 차였다. 겐타로는 고개를 빼며 차 안을 살폈다. 차 뒷좌석에 크림색 중절모의 봉양 선생과 최 경호원이 나란히 앉아 있었다. 운전석의 윤 비서 역시 그대로였다. 겐타로는 자기도 모르게 손을 번쩍 들었다.

"서, 선생……!"

겐타로가 막 자동차를 향해 소리치려는데 갑자기 파출소 앞에 있던 경찰차 한 대가 튀어나와 스튜드베이커 앞을 가로막았다. 놀란 윤 비서가 운전대를 틀며 속도를 낮추었다. 그 순간 어디서 튀어나오는지 키 큰 사내 하나가 승용차 뒤쪽 범퍼로 뛰어올랐다. 그리고 귀를 찢는 세 발의 총성이 로터리에 울려 퍼졌다. 총알은 뒤 창문을 통과해 바로 몽양의 몸통에 박혔다. 몽양은 피를 뿜으며 앞으로 고꾸라졌다. 순식간이었다. 겐타로는 넋이 나간 채 이 광경을 목도했다. 몽양을 저격한 남자가 차에서 훌쩍 뛰어내려 겐타로 앞을 쏜살같이 지나쳤다.

"엇!"

겐타로는 두 눈을 믿을 수 없었다. 방금 몽양의 몸에 총알을 박아 넣은 암살범이 한지근, 그였다.

최 경호원이 차에서 뛰어내려 지근을 뒤쫓기 시작했다. 하지만 곧 그는 길모퉁이에서 뛰어나온 경찰에 의해 저지당했다. 그사이 지근은 유유히 시야에서 사라져 갔다.

겐타로는 경찰과 몸싸움을 하는 최를 지나쳐 지근이 도망친 방향으로 뛰기 시작했다. 뛰는 내내, 몽양의 응접실에서 들었던 한마디가 귓가를 때렸다.

"나는 결국 죽을 거야. 그렇지만 죽더라도 분단만은 막으려 노력해야 하지 않겠나."

저 앞으로 혜화동을 빠져나가는 지근의 꼭뒤가 보이기 시작했다.

"거기 서!"

겐타로가 팔을 내젓는 바람에 옆구리에 끼인 상자가 땅바닥에 떨어졌다. 내용물이 바닥에 쏟아졌다. 정신없이 뛰던 겐타로가 멈추어 섰다. 힐끗 뒤를 돌아보던 지근이 달음박질을 쳐 옆 골목으로 사라졌다. 겐타로가 얼른 손거울과 패물들을 주워 담아 몸을 일으키려는데 누군가 앞에 와 섰다.

"어이, 친구? 어딜 그렇게 급히 도망가나?"

고개를 들어 보니 뜻밖에도 성혁이 아래를 내려다보며 묘한 웃음을 짓고 있었다. 그 옆에 낯선 학생 둘이 서 있었다. 교복을 보니 겐타로가 다녔던 학교의 새 학생인 듯했다.

"요키, 아니 성혁아! 나 좀 도와줘!"

겐타로가 성혁의 팔을 잡으며 허둥거렸다. 하지만 성혁은 겐타로가 가리키는 거리 쪽은 아랑곳없이 상자에서 눈을 떼지 않았다.

"오늘은 제대로 한 건 한 모양이다?"

"뭐?"

"지난번엔 겨우 감자더니, 그새 간이 커졌네."

"오해야, 그건!"

"오해? 끝내 돌팔매당할 것들을 곱다시 보내 주니까 쥐새끼처럼 기어 들어와 물건을 훔쳐 가는데?"

겐타로는 기가 막혔다.

"훔치다니? 이건 우리 집에서……."

"너희 집? 여기 조선에 너희 집이 어딨어!"

성혁이 눈짓을 하자 같이 있던 학생 둘이 겐타로 손에 들린 상자를 빼앗았다. 성난 그들의 얼굴 위로 요키치의 도시락을 빼앗아 먹던 일본 녀석들의 비열한 표정이 겹쳐졌다.

겐타로는 어? 어? 하며 빈 손짓을 했다.

"왜정 때야 억울해도 참았다지만, 이젠 두 손 놓고 뺏길 순 없지."

다른 학생이 말을 받아 이죽거렸다.

"경성제대에 워서 넣으러 왔다가 애국하게 생겼네."

겐타로는 성혁 패거리들이 키득거리는 걸 멍하니 보다 와락 덤벼들었다.

"안 돼! 그거 우리 엄마 목숨 줄이란 말이야."

"그럼 너 이거 가지고 경찰서로 갈래? 가서 한번 따져 보자고."

그 말에 겐타로가 멈칫했다. 방금 전 혜화동 로터리에서 본 광경이 떠올랐기 때문이다. 몽양의 차를 가로막은 경찰차, 지근을 쫓는 최 경호원을 방해하던 경찰관……. 모든 게 이상했지만 분명한 건 지금 조선의 경찰은 정의와는 아무런 상관이 없어 보였다.

겐타로는 무너지는 얼굴로 한마디만 했다.

"손거울, 그것만이라도 돌려 다오."

그 말에 성혁이 상자를 뒤지더니 손거울을 꺼내 바닥에 팽개쳤다. 조그만 물건이 쨍그랑 하는 소리와 함께 나뒹굴었다.

겐타로는 손거울을 천천히 집어 들었다. 금이 간 거울 속에 어긋난 겐타로 얼굴이 가득 찼다. 소년은 정류장 쪽으로 비칠비칠 걷기 시작했다.

조선은 1945년 8월 15일 해방을 맞이했다. 일제의 전시 총동원령에 시달리던 민중은 하루아침에 닥친 자유에 어리둥절했다. 이제 조선 사람들은 더 이상 일본인의 눈치를 보지 않아도 되고, 울며 겨자 먹기로 한 창씨개명 대신 본래 이름을 써도 되고, 공출과 징병에 떨지 않아도 되었다. 말 그대로 세상의 빛을 되찾은 '광복(光復)'이었다. 하지만 가뭄의 단비가 지나자마자 황사가 밀어닥치듯 해방 후 조선에는 두 가지 혼란이 생겨났다. 바로 미군정의 지배와 정치 이념의 갈등이었다.

제2차 세계 대전에서 승전국이 된 미국은 패전국 일본을 점령했다. 그에 따라 일본의 식민지였던 한반도는 미국의 관리 대상이 되었다. 일본 총독부가 물러간 자리에 미국에서 온 군사 정부가 대신 들어섰다. 또 북쪽 평양에서는 또 다른 승전국인 소련의 도움을 받아 김일성이 정치 세력을 규합하기 시작했다. 쉽게 얘기해 남쪽은 미국식 자본주의, 북쪽은 소련식 공산주의가 강력한 정치 이념으로 자리 잡게 된 것이다. 이렇게 삼팔선을 기점으로 하는 남북 분할 점령은 5년 후에 닥쳐 올 6·25 전쟁이라는 비극의 씨앗이 되고 말았다.

남한에서는 일제의 탄압 아래 숨죽였던 사회주의 단체들이 본격적으로 정치 활동을 하기 시작했다. 문제는 남한을 통치하고 있던 미군정이 공산주의를 극도로 싫어한다는 점이었다. 그들에게 소위 '빨갱이'란 '친일파'보다 더 위험하고 위협적인 존재였다. 오히려 친일파는 그들이 조선을 운영하는 데 요긴

하게 쓰는 부품이었다. 친일파들은 일제 강점기 내내 민족과 나라를 배신한 대가로 국가 운영의 각종 요직을 차지하며 호의호식했다. 해방 후 그들은 '친일파'의 옷을 던져 버리고 '반공주의자'의 제복으로 갈아입은 후 회생의 기회를 노렸다.

미군정은 일제 강점기를 겪은 조선인의 심정에 공감해야 할 아무런 의무가 없었다. 다만 생소하기 이를 데 없는 아시아의 한 나라를 말썽 없이 운영하는 것만이 최대의 과제였다. 이러한 미군정의 태도는 남한 사회를 심각한 혼란으로 빠져들게 했다.

친일파들은 하루아침에 민족주의자 혹은 우파로 변신해 사회주의자와 좌파를 공격하기 시작했다. 그와 동시에 미군정을 등에 업고 국가 경영의 자리를 장악해 나가기 시작했다. 진정한 민족주의자와 우파 인사들은 덤터기를 쓰듯 친일파들과 뒤섞여 버리는 우를 범하게 되고, 사회주의 계열의 좌파들은 미군정의 교묘한 조정 정책에 휘말려 자리를 잡지 못한 채 좌충우돌했다.

지난 2월, 나는 시청 광장을 메운 탄핵 반대 집회와 광화문 광장을 메운 촛불 집회가 두터운 버스 장벽으로 나뉘는 걸 목격했다. 해방된 지 어느덧 70년이 지나고 있다. 그러나 대한민국이라는 광장은 1945년 그때와 하나도 달라진 게 없었다. 당시 광장은 좌우의 싸움으로 하루도 조용할 날이 없었다. 오직 분열과 대립으로 점철된 해방 공간, 그 끝에 맞이한 동족상잔의 전쟁과 남북 분단……, 그리고 지금까지도 두 편으로 갈려 한 치의 양보도 모르고 제 목소리만 높이는 이념들. 그 가운데 서서 양쪽을 두리번거리던 나는 몽양 여운형 평전을 펼쳐 들었다.

좌에도 우에도 치우치지 않고 민족의 통일 조국 건설을 목표로 활동했던 몽양 여운형(1886. 5. 25 ~ 1947. 7. 19).

몽양의 족적은 그대로 열정이고 기적이며 순수였다. 그런 그를 암살한 테러범이 당시 열아홉 살로 알려진 한지근이다. 소년은 단 세 발의 총격으로 열한 번의 암살 시도를 이겨 낸 독립운동의 거물을 제거했다.

열아홉 살, 어쩌면 아이도 어른도 아닌 과도기의 정점이랄 수 있는 나이. 나는 이 나이에서 해방 직후 한반도의 모습을 보았다. 독립이 된 것도, 안 된 것도 아닌 어정쩡한 상태. 정신을 채 차리기도 전에 이쪽이냐 저쪽이냐를 강요받던 조선은 마치 '너는 어른이냐? 아이냐?'를 강요당하는 열아홉 살 소년과 같았다. 그리고 그 소년은 자신의 정체성을 확립한 기회를 박탈당한 채 오로지 생존만을 최고의 기치로 삼아 내달리기 시작했다. 좌우의 치열한 전투장이 된 대한민국이라는 광장으로……

파괴된 아이

정명섭

세 아이가 나란히 교무실 앞에 무릎을 꿇고 두 손을 들고 있었다. 지나가던 수학 선생이 웃으면서 물었다.

"너희 셋은 말썽을 피우기로 무슨 도원결의라도 했냐?"

셋 중 그나마 말을 잘하는 일호가 대답했다.

"정말 억울합니다, 선생님."

일호의 말을 시작으로 양쪽에 있던 정식이와 인기가 추임새를 넣었다. 밖에서 소리가 들리자 교무실 안에 있던 공포의 저승사자 체육 선생이 밖으로 나왔다.

"이것들이 어디서 선생님을 희롱하고 있어."

찔끔한 아이들이 입을 다물자 수학 선생이 체육 선생에게 물었다.

"오늘은 무슨 사고를 친 겁니까?"

"전차를 타면서 가짜 전차표를 내밀었지 뭐예요. 승무원이 학교까지 찾아와서 교장 선생님이 노발대발하셨답니다."

"저런, 학교 망신을 다 시켰네요."

"그러게 말입니다. 새로 입학한 일 학년 애들이 뭐라고 하겠어요. 차라리 교복이라도 바꿔치기하고 삥땅을 치지⋯⋯."

체육 선생에게 저당히 추임새를 넣어 주던 수학 선생이 교무실로 들어가기 전에 아이들에게 살짝 윙크를 했다. 잘 얘기할 테니까 걱정 말라는 신호였다. 교장에게 끌려가서 욕을 한 사발이나 먹은 세 아이는 여름 방학 때까지 화장실 청소를 하는 벌을 받았다. 그나마 교장 조카인 수학 선생이 말려 준 덕분에 경찰서 구경은 하지 않아도 되었다. 철길을 따라 걷던 일호가 뒤따라오던 두 아이에게 말했다.

"여름 방학 때 뭐 할 거야?"

"폐병이나 앓을까 싶어."

몽상가 정식이의 엉뚱한 말에 나란히 걷던 인기가 뒤통수를 쳤다.

"그건 잘생긴 사람이나 앓아야 먹히지, 너같이 소도둑놈처럼 생긴 애가 되겠냐?"

"질투하지 말라니까. 올 여름에는 기필코 금옥 여중 애들을 꼬시고 말 테니까."

둘이 장난스럽게 주먹다짐을 하는 걸 본 일호가 끼어들었다.

"해방촌이나 놀러 갈래?"

뒷주머니에서 빗을 꺼내 머리를 빗던 정식이가 대꾸했다.

"그 천막촌에 볼 게 뭐 있다고?"

"해방 교회 옆에 맛있는 우동집이 있다는데 거기 가자."

"맛있어 봤자지."

"거기 주인 딸이 절세 미녀라는데?"

일호의 얘기가 끝나기 무섭게 둘이 거의 동시에 대답했다.

"어서 앞장서지 않고 뭐 해!"

셋이 농담을 주고받으며 낄낄거리며 철길을 걸었다. 철길 옆 개천에는 널빤지와 나무로 얼기설기 만든 판잣집들이 나란히 서 있었다.

일호는 해가 지도록 해방촌을 쏘다니다가 용산에 있는 집으로 돌아왔다. 대문을 열고 마당으로 들어서자 아버지가 대청에 걸터앉아서 라디오를 고치는 중이었다. 아버지에게 인사를 하고 방으로 들어가려는데 때마침 부엌에서 나온 어머니와 마주쳤다.

"어디 쏘다니다가 이 밤중에 온 거니?"

"수업 끝나고 공부하다가 왔어요."

"퍽이나, 얼른 씻고 밥 먹어."

"네."

다행히 그냥 넘어가는 분위기라서 한숨 돌린 일호는 잽싸게 방으로 들어갔다. 남포등에 불을 켜고 있던 형 진호가 반가운 표정으로 말했다.

"불 좀 켜 봐."

"알았어."

잽싸게 라이터를 챙겨 든 일호가 라이터돌을 호호 불고는 천천히 돌렸다. 불꽃이 몇 번 튀다가 불이 붙었다. 재빨리 남포등에 불을 켠 일호가 형에게 물었다.

"아직 전기 안 들어와?"

"이끼 잠깐 들어왔다가 꺼졌어."

책상 위에 남포등을 올려놓은 일호가 물었다.

"좀 있으면 방학인데 무슨 공부를 그렇게 열심히 해?"

"새 학기(1950년의 학제는 중학교가 6년제였다. 미국식 학제를 따라서 6월에 새 학기가 시작되었다)도 시작되었는데 열심히 해야지. 올해는 영어 공부를 많이 해 보려고."

말썽만 피우는 일호와는 달리 두 살 위인 형은 공부벌레에 모범생이었다.

"그나저나 아버지는 왜 라디오를 꺼낸 거야?"

"요즘 돌아가는 분위기가 심상치 않대."

"재작년이나 시끄러웠지 올해는 조용해졌는데 뭐가 심상치 않대?"

일호네 가족은 4년 전에 일가족이 삼팔선을 넘어서 월남했다. 며칠 동안 열차 지붕 위에서 추위에 떨었고, 삼팔선을 지키는 소련군 눈을 피해 밤중에 철교를 몰래 건너던 때가 떠올라 일호는 눈살을 찌푸렸다. 그때 고생했던 기억이 떠오른 것이다. 거기다 월남하는 와중에 병약하던 동생이 시름시름 앓다가 폐렴으로 세상을 떠나고 말았다. 그나마 용산에 사는 일본인의 적산 가옥을 싸게 구입해서 집 걱정을 하지 않을 수 있었다. 평온한 일상을 누리고 있지만 가족들의 마음속에는 그것이 언제 파괴될지 모른다는 불안감이 숨어 있는 듯했다. 이래저래 마음이 불편해진 일호는 팔베개를 하고 누웠다.

영어 교과서를 펼친 진호가 물었다.

"새 학기 시작했는데 어때?"

"똑같지 뭐."

"요즘도 인기랑 정식이랑 어울려 다니니?"

"이번에도 같은 반이 됐어."

"삼총사가 올해도 함께 다니겠구나."

그때 밖에서 라디오 소리가 들렸다. 두 형제는 환호성을 지르며 뛰쳐나갔다. 대청에는 아버지가 고쳐 놓은 라디오에서 지직거리는 잡음 사이로 음악 소리가 흘러나왔다. 아버지가 눈을 꿈뻑거렸다.

"민요도 아니고 창가도 아닌 거 같은데 뭔 노래냐?"

아버지의 물음에 진호가 잠깐 귀를 기울였다가 대답했다.

"재즈예요, 재즈. 미국 사람들이 좋아하는 음악이죠."

"거참, 세상이 좋아졌구나. 양놈들이 듣는 음악을 이렇게 안방에서 듣다니 말이야."

난생처음 듣는 달콤한 노랫소리에 취한 가족들은 라디오를 둘러싼 채 시간 가는 줄 몰랐다.

밤늦게까지 라디오를 듣느라 늦잠을 잔 일호는 형이 깨우는 소리에 눈을 떴다.

"아, 씨! 오늘 일요일이잖아. 학교 안 가는 날이야."

"그게 문제가 아니야. 어서 나와 봐."

눈을 비비고 마루로 나온 일호는 가족들이 심각한 표정으로 라디오를 둘러싸고 있는 걸 봤다. 무슨 일인가 싶어서 다가간 일호는 라디오에서 흘러나오는 목소리를 들었다.

'금일 새벽 다섯 시를 기해 북괴군이 삼팔선 전역에 걸쳐 도발을 하였습니다. 이에 용감한 우리 국군은 대반격을 감행해서 적을 물리치고 있는 중입니다. 국……'

그다음에는 다시 지직거리는 잡음이 끼어들었다. 가족들은 말없이 서로의 얼굴만 바라봤다. 빨갱이들 탓에 정든 고향을 떠나 죽을 고생을 해 가면서 낯선 서울에 자리 잡았던 기억이 떠오른 것이다.

가장 먼저 말을 한 것은 어머니였다.

"혹시 모르니까 짐 꾸리자."

어머니의 얘기에 진호가 나섰다.

"국군이 반격하고 있다고 하잖아요."

"세상일은 모르는 거다. 왜놈들이 그렇게 물러나고 빨갱이들 세상이 될지 누가 알았니."

얘기를 마친 어머니는 안방으로 들어가서 재봉틀을 뜯어냈다. 월남할 때 가마솥도 버렸지만 끝끝내 챙긴 것이 재봉틀이었다. 방으로 돌아온 일호는 형과 함께 가방에 책들을 넣었다.

한창 책을 챙기던 형이 물었다.

"네 친구들은 괜찮겠니?"

"인기네는 우리처럼 월남했잖아. 형이랑 삼촌이 군인이고."

"정식이라는 친구는?"

"걘 서울 토박이라 잘 모르겠어. 그러고 보니 집에 한 번도 안 놀러 갔네."

이런저런 얘기를 주고받으면서 짐을 챙기느라 하루가 꼬박 지나 갔다. 밤이 되자 북쪽에서 불빛이 번쩍거리면서 포성이 들렸다. 걱 정이 된 일호네 가족은 라디오에 귀를 기울였다. 하지만 라디오에서 는 전황이 유리하다는 말만 나왔다. 반격에 나선 국군이 해주를 탈 환했고, 곳곳에서 북괴군이 퇴각 중이라는 내용이었다. 하지만 포성 은 점점 더 많이, 가까이 들려왔다. 집 밖에서는 헌병들이 차를 타고 다니면서 휴가를 나온 장병들은 얼른 귀대하라고 외쳤다. 그렇게 하 루가 지나고 월요일이 되면서 포성이 더 가까워졌다. 일호는 학교 에 가지 말라는 아버지의 말에 신이 났다. 어머니와 아버지는 피난을 떠날지 말지를 두고 하루 종일 입씨름을 벌였지만 결론이 나지 않았 다. 밤이 되면서 라디오에서는 이승만 대통령의 담화가 반복해서 나 왔다. 적이 패주하고 있으니 서울 시민들은 안심하고 생업에 종사하 라는 내용이었다.

그 방송을 들은 아버지가 어머니에게 말했다.

"거봐, 대통령 각하께서도 안심하라고 하잖아."

결국 피난 얘기는 흐지부지되고 말았다. 진호는 답답했는지 방에 들어가서 폴 엘뤼아르의 시집을 꺼내서 읽었다.

늦게야 잠이 들었던 일호는 새벽녘에 들려온 엄청난 폭음에 잠에서 깼다. 밖으로 나온 일호는 남쪽에서 모락모락 치솟아 오르는 연기를 봤다.

뒤따라 나온 진호가 눈을 비비면서 말했다.

"저기 한강 다리 있는 곳 같은데?"

"폭격을 맞은 거야?"

"그럴지도 모르겠다. 그나저나 저 다리가 부서졌으면 한강을 못 넘어가는데."

"진짜?"

"해 뜨면 가 보자."

해가 뜨자마자 일호는 진호와 함께 한강으로 향했다. 길거리는 이따끔 오가는 사람들만 있을 뿐 한산했다. 한강 다리는 중간이 끊겨서 물에 잠겨 있었다.

"저렇게 큰 다리를 어떻게 무너뜨린 거야?"

"공습이 아니라 폭파된 모양이다."

고개를 절레절레 내저은 진호가 강가로 향하자 일호는 얼른 따라

갔다. 백사장 가까이 다가가자 형제는 약속이나 한 듯 손으로 입과 코를 가렸다.

"허…… 형, 시체들 천지야."

강가에는 떠내려온 시체들이 가득했다. 월남할 때 이곳저곳에서 시체들을 본 적이 있지만 이렇게 많은 시신을 한꺼번에 본 것은 처음이었다. 군복을 입은 군인들의 시신부터 갓난애를 등에 업은 젊은 여인까지 다양한 사람들의 주검이 보였다. 어떤 시신들은 팔과 다리가 안 보였고 몸통의 일부만 남아 있었다.

"다리가 폭파될 때 휘말린 모양이다. 이제 돌아가자."

일호는 구역질을 겨우 참으며 돌아섰다. 그러면서 어깨를 토닥거리는 진호에게 물었다.

"한강 다리가 끊겼으니까 이제 피난 못 가는 거지?"

"아무래도 어려울 거 같아. 근데 라디오에서는 그렇게 전세가 유리하다고 해 놓고서는 왜 이 모양이지?"

손을 잡고 조심스럽게 집으로 돌아가던 일호는 갑자기 걸음을 멈췄다. 그러고는 형을 올려다봤다.

"지진 난 거야?"

"그건 아닌 거 같은데……."

불안한 표정으로 주변을 살피던 진호가 일호의 어깨를 잡고 길가로 향했다. 우미관 영화 포스터가 덕지덕지 붙은 나무 전봇대 뒤에 선 두 형제의 눈에 커다란 탱크가 보였다. 그들이 느낀 진동은 탱크들이 굴러오는 소리였다.

"우와!"

길 한복판으로 굴러오는 탱크 좌우로는 누런 군복에 따발총을 멘 북한군이 보였다. 나뭇가지들로 위장을 해서 흡사 나무가 걸어오는 것 같았다. 어깨와 등에 포대와 배낭을 둘러맨 그들은 저벅거리는 발자국 소리를 내면서 다가왔다. 일호는 진호를 바짝 끌어안으면서도 호기심 어린 눈길로 그들을 바라봤다. 북한군들은 깡마른 몸에 날카로운 눈빛을 하고 있었다. 지치고 피곤해 보였지만 승리했다는 설레임도 엿보였다. 줄지어 걷는 군인들 곁을 모터지크가 스쳐 지나갔다. 탱크를 앞세운 북한군이 서울에 모습을 드러내자 호기심을 못 이긴 사람들이 하나둘씩 모습을 드러냈다. 구경꾼이 늘어나자 대열 중간에 있던 북한군 장교가 뭐라고 외쳤다. 그러자 조용히 걷던 북한군이 오른손을 하늘로 치켜들면서 외쳤다.

"조국 통일! 민족 해방!"

겁에 질린 사람들이 다시 모습을 감췄다.

일호는 진호의 손을 꼭 잡고 집으로 돌아오면서 물었다.

"앞으로 어떻게 될까?"

"많이 변하겠지. 아니, 파괴되겠지."

진호는 뜻밖에 담담하게 얘기했다.

집으로 돌아오자 대문 앞에서 기다리고 있던 어머니가 얼른 들어오라고 손짓을 했다.

대문을 굳게 닫은 어머니가 일호에게 물었다.

"다리는?"

"완전 끊어졌어요. 그리고 강가에 사람들 시체가 엄청 많아요."

"저런……."

"그리고 오다가 북괴군 봤어요. 탱크랑 같이 오던데요."

"전쟁이 터진 지 삼 일인데 벌써 여기까지 내려왔네. 앞으로 어찌 될 건지 모르겠다."

걱정스러워하는 어머니에게 진호가 물었다.

"아버지는요?"

"따라와라."

어머니의 손에 이끌린 형제는 안방으로 들어갔다. 일본인들이 살던 적산 가옥이라 안방에는 도코노마(일본 전통 가옥에 있는 공간으로 바닥보다 한 단 높게 만들어졌다. 보통 그림을 걸거나 꽃으로 장식을 한다) 가 있었다. 일호 가족이 들어와서는 그곳을 이불장으로 쓰는 중이었다. 아버지가 도코노마 바닥을 열심히 파고 있었다. 그걸 본 형 진호가 어머니에게 물었다.

"피난 공간인가요?"

"이왕 이렇게 된 거 저기 아래에서 버텨야지. 난 여자라 괜찮으니까 아버지랑 너희들이 저기 숨으면 된다."

"다 같이 숨으면 안 돼요?"

일호의 물음에 어머니가 고개를 저었다.

"집에 아무도 없으면 더 의심할 거야. 이럴 때일수록 정신 바짝 차려야 한다."

어머니의 긴장한 모습에 일호는 고개를 끄덕거렸다. 그때 누군가 대문을 거칠게 두드렸다.

"일호야! 나 인기야!"

한숨 돌린 일호는 대문을 살짝 열었다. 문 밖에는 농사꾼처럼 밀짚모자를 쓰고 목에 수건을 두른 인기가 보였다.

"뭐야? 그 차림새는."

"전쟁 났다고 해서 피난 가려고 했는데 한강 다리가 끊겨서 다시 집에 돌아가는 길이야."

"그랬구나. 나도 방금 형이랑 갔다 왔어. 니네 형은?"

"춘천에 있는데 잘 모르겠어. 암튼 잘 지내라."

일호는 멀어지는 인기를 물끄러미 바라봤다. 그렇게 6월 28일이 지나갔다.

어머니의 걱정과는 달리 세상은 크게 변하지 않았다. 북한군이 한강을 건너 남하하면서 전쟁이 남쪽으로 내려간 것이다. 라디오와 신문은 연일 김일성을 찬양하고, 미제와 이승만 도당을 몰아내자는 주장을 토해 냈다. 그리고 학생들은 등교를 하고 직장인들은 직장에 나가서 정상적으로 일을 하라는 내용이 나왔다.

7월 초, 일호는 진호와 함께 학교로 향했다. 거리는 여전히 인적이

드물었고, 전봇대와 담장에는 붉은 글씨로 적힌 벽보들이 붙어 있었다. 학교에 도착한 일호는 교문 앞에서 검정색 가죽 잠바에 붉은 완장과 머리띠를 한 수학 선생이 서 있는 걸 보고는 깜짝 놀라고 말았다. 다른 학생들도 마찬가지로 충격을 받은 듯 삼삼오오 모여서 웅성거렸다. 일호와 학생들을 본 수학 선생이 어서 들어오라는 손짓을 했다.

일호가 다가오자 수학 선생이 씩 웃었다.

"좋은 세상이 왔는데 왜 그렇게 무서워해."

"네, 죄송합니다."

허겁지겁 자리를 뜬 일호는 교실로 들어갔다. 학생들의 숫자는 제법 줄었는데 누구네 집이 폭격을 맞아서 일가족이 몰살당했다는 둥, 누구는 피난을 가다가 한강 다리가 폭파되면서 죽었다는 얘기들이 떠돌았다. 일호는 정식이와 인기를 찾았지만 둘 다 보이지 않았다. 그렇게 무작정 시간이 흘러가는 와중에 교실 문을 열고 수학 선생이 들어섰다. 평소 보들레르와 폴 엘뤼아르의 시를 좋아하고 정치적인 발언을 한 적이 없어서 설마 빨갱이라고는 아무도 생각하지 않았다. 그래서인지 아이들이 받은 충격은 더 컸다. 교탁에 두툼한 종이 뭉치를 내려놓은 수학 선생이 반장에게 눈짓을 했다. 반장이 주춤주춤 일어나서 경례를 했다. 수학 선생이 칠판에 조국 해방이라는 글씨를 적었다.

"다들 놀랐을 거다. 서울은 조선 인민군이 점령했고, 현재 이승만

의 군대는 패주 중이다. 미군이 오산에서 방어선을 폈지만 조선 인민
군의 용감한 돌격 앞에 무너지고 말았다. 여름이 오기 전에 진정한
해방이 찾아올 것이다."

일장 연설을 마친 수학 선생이 박수를 치라는 손짓을 하자 학생들
이 머뭇거리다가 박수를 쳤다. 박수가 가라앉자 북한군 군복을 입
은 장교들이 여러 명 들어왔다.

수학 선생이 장교들을 소개했다.

"이분들은 조선 인민군 제3의무대 소속 군관 분들이다. 오늘부터
우리 학교 강당에서 부상자들을 수용하게 된다. 오늘은 각자 자습
을 하다가 하교한다. 이상."

수학 선생과 북한군 장교들이 밖으로 나가자 아이들은 불안한 표
정으로 서로를 바라봤다. 그때 멀리서 사이렌 소리가 들려왔다. 아
이들이 우르르 창가로 몰린 가운데 누군가 하늘을 가르쳤다.

"저기 봐. 비행기야."

일호는 구름을 뚫고 내려오는 엄청난 숫자의 비행기들을 보고는
입을 다물지 못했다. 굉음을 내며 날아온 비행기들은 용산역 근처에
폭탄을 떨어뜨렸다. 시커먼 덩어리가 땅에 떨어질 때마다 엄청난 폭
음과 함께 불길이 치솟았다. 진동 때문에 학교 유리창이 흔들릴 지
경이었다.

창가에 몰려든 아이들 중 한 명이 속삭였다.

"미군 비행기야. 저렇게 많은 비행기들을 무슨 수로 이겨?"

그 뒤로는 아슬아슬한 평화가 찾아왔다. 북한군은 별로 보이지 않았지만 대신 수학 선생처럼 빨간 완장을 찬 사람들이 설치고 다녔다. 무슨 위원회나 동지회니 하는 것들이 날마다 생겨났다. 피난을 가지 못한 사람들은 숨을 죽이고 살아야만 했다. 매일 시내에서 인민재판이 열려서 사람들이 죽어 나가고, 배급제를 시행했기 때문이다. 어른들이 배급을 받으러 가면 끌려간다는 소문이 돌아서 어머니와 어린 일호가 배급을 타 와야만 했다. 배급 장소는 빨간 완장을 찬 청년들이 지키고 있었다. 어머니와 함께 쌀을 배급받으러 온 일호는 정식이와 마주쳤다. 학교에도 나오지 않고 있던 터라 일호는 반갑게 다가갔다.

"정식아!"

빨간 완장을 찬 청년과 얘기를 나누던 정식이는 일호를 보더니 눈살을 찌푸렸다.

"어, 왔구나."

"학교도 안 나오고 그동안 뭐 했어?"

그때서야 정식이의 팔에 채워진 빨간 완장이 보였다. 일호가 놀란 표정을 짓자 정식이가 거드름을 피웠다.

"미제 구축 위원회에서 일해. 좀 있으면 궐기 대회를 해서 준비 중이야."

"뭐라고?"

셋 중에서 그나마 말썽을 덜 피우고 조용했던 정식이의 변신은 수학 선생의 변신만큼이나 충격이었다. 그런 일호에게 정식이가 말했다.

"그동안 너희들 따까리 노릇 하느라고 힘들었어. 수학 선생이 너희가 월남자들이라며 잘 지켜보라고 했거든."

"그럼 우리랑 친한 것도 가짜였어?"

"당연하지. 너희같이 아무 생각 없이 노는 애들이랑 왜 친하게 지냈겠어?"

일호는 히죽 웃으면서 얘기하는 정식이의 말이 믿기지 않았다. 월남하고 입학한 중학교에서 외톨이로 지냈을 때 먼저 다가온 것이 정식이였다. 그 후 같은 월남민이었던 인기까지 끼면서 세 명은 꼭 붙어 다녔다. 그런 만큼 일호가 받은 충격과 배신감은 어마어마했다. 같은 빨간 완장을 찬 어른들과 얘기를 나누던 정식이는 어디론가 사라졌다. 일호는 배급을 받은 어머니가 다가올 때까지 한마디 말도 못 하고 정식이가 사라진 방향을 멍한 눈으로 바라봤다.

정식이는 학교에서도 유명한 존재가 되었다. 수학 선생과 더불어서 빨간 완장을 차고 다니면서 학생들은 물론 선생들에게도 이런저런 지시를 내리거나 지적을 했다. 그렇게 여름이 다가왔다. 라디오에서는 매일 용감한 인민군이 남쪽으로 진격해서 미군과 국군을 격파하고 커다란 전과를 올리는 중이라고 했다. 하지만 하늘에서는 미군 비행기들이 폭탄을 떨어뜨리는 일이 반복되었다. 전투가 치열해졌는지 강당에는 머리와 팔다리에 붕대를 감은 북한군 부상병들이 매일 들어왔다.

그러던 어느 날, 수학 선생이 일호를 불렀다. 바짝 겁을 먹은 표정을 본 수학 선생이 너털웃음을 지었다.

"뭘 그렇게 무서워하고 그래. 혹시 인기 본 적 있니?"

"그날 이후로 못 봤어요."

"그랬구나. 혹시나 만나면 학교에 나오라고 해라."

"알겠습니다."

"그리고 부탁이 있는데……."

"마, 말씀하세요."

"오늘 부상병들이 많이 들어와서 일손이 부족하다고 하더라. 나랑 같이 가서 도와주자."

"네."

"네가 월남자 가족이라 다들 의심의 눈초리로 보고 있어. 열심히 활동해서 그런 의심을 불식시켜야 한다. 알았지?"

선의로 한 얘기였지만 일호에게는 숨이 넘어갈 만한 공포감이었다. 얌전히 수학 선생을 따라 강당으로 향했다. 강당에 걸려 있던 태극기는 인공기로 바뀌었고, 옆에는 붉은색 글씨로 살벌한 구호를 적은 현수막이 걸려 있었다. 강당에는 북한군 부상병들로 가득했다. 붕대를 감은 쪽은 그나마 양호한 편이고 팔다리가 떨어져 나갔거나 온몸이 붕대로 감겨 있는 부상병들도 많았다. 일호는 수학 선생을 따라서 나무 바닥에 일렬로 눕혀진 부상병들 사이를 지나 군의관에게 갔다. 지친 표정의 군의관이 일호에게 양철로 된 통을 하나 건넸다.

"간호사에게 가서 피 묻은 붕대 걷어 와라."

양철통을 받아 든 일호는 신음 소리를 내며 고통스러워하는 북한군 사이를 지나며 간호사가 건넨 피 묻은 붕대를 걷었다. 부상병들 중에는 여드름이 잔뜩 난 일호의 형 진호 또래도 보였다. 의식을 잃은 부상병이 어머니를 잠꼬대처럼 불렀다.

피 묻은 붕대가 어느덧 양철통에 가득 차자 일호는 군의관에게 가져갔다. 졸고 있던 군의관은 피 묻은 붕대를 나무 상자 안에 털어 넣고는 다시 건넸다. 그렇게 몇 번 피 묻은 붕대를 걷느라 강당을 돌아다닌 일호는 문가에 선 수학 선생이 담배를 피우며 북괴군 장교와 얘기를 나누는 걸 봤다.

'어떻게 사람이 저렇게 변할 수 있지?'

힘없이 중얼거리며 돌아서는데 빛이 번쩍했다. 뭔가 알 수 없는 힘에 앞으로 떠밀려서 넘어졌는데 귀가 멍멍하고 머리가 무거워서 꼼짝도 할 수 없었다. 사방에서 비명이 메아리치는데 꼼짝도 할 수 없었다. 안간힘을 써서 간신히 몸을 뒤집을 수 있었다. 잠시 후, 누군가 다가와서 내려다봤다.

"일호야! 괜찮아?"

정신이 돌아오자 자신을 내려다본 게 정식이라는 걸 알았다. 하지만 두려움보다는 반가움에 왈칵 눈물을 쏟은 일호는 정식이에게 물었다.

"무, 무슨 일이야?"

"미제 놈들이 폭탄을 떨어뜨렸어."

고개를 든 일호는 강당 입구 쪽이 부서지고, 창문이 몽땅 깨진 걸 봤다. 누워 있던 부상병들은 깨진 유리 조각을 뒤집어쓴 채 비명 소리를 냈다. 운이 좋게도 일호는 강당 중간쯤에 있어서 크게 다치지 않았던 것이다. 한숨 돌린 일호는 부축을 받으며 일어났다. 그때서야 강당 입구에 서 있던 수학 선생이 생각났다. 일호가 강당 입구를 바라보자 정식이 조용히 고개를 저었다.

"다리 한쪽만 남고 몽땅 날아갔어."

"바, 방금 전까지만 해도 나랑 얘기를 나눴는데……."

"이게 다 미제 놈들 때문이야."

주먹을 불끈 쥔 정식이의 말에 일호는 힘없이 고개를 끄덕거렸다. 아니, 끄덕거릴 수밖에 없었다.

정신을 차린 일호는 혼자서 집으로 돌아왔다. 정식이가 치료를 받고 가라고 했지만 군의관과 간호사들도 대부분 죽거나 다친 상황이었다. 붕대로 피가 나는 머리를 감싼 일호는 터덜터덜 걸었다. 그러다가 자동차가 오는 소리를 듣고는 황급히 골목길로 숨었다. 최근

들어서 전선으로 보낼 의용군을 보낸다고 젊은 사람들을 끌고 가는 일이 많아졌다. 중학교 2학년인 일호는 아직 어리기 때문에 안 끌려 갔지만 어머니는 조심하라고 신신당부했다. 골목길에 숨어서 지켜 보는 일호의 눈에 청년들을 가득 태운 트럭이 보였다. 트럭 앞에는 '전선으로 가자'라는 붉은 글씨가 쓰인 현수막이 펄럭거렸다.

트럭이 지나간 것을 확인한 일호는 다시 발걸음을 옮겼다. 그렇게 집에 도착한 일호는 항상 꼭꼭 닫혀 있던 대문이 활짝 열려 있는 걸 발견했다. 불안한 기분에 일호는 황급히 대문 안으로 들어갔다. 마당에는 어머니가 주저앉은 채 흐느껴 울고 있었다. 아버지는 한 손으로 머리를 누르고 있었는데 피가 펑펑 나는 중이었다.

"어머니!"

놀란 일호의 외침에 머리를 든 어머니가 일호를 와락 끌어안았다.

"아이고, 내 새끼. 왜 이렇게 늦게 왔어?"

"학교에서 일이 좀 있어서요. 무슨 일이에요?"

"진호가, 진호가 빨갱이들한테 끌려갔다."

"네? 형이 왜요?"

"의용군으로 데려갔어. 아버지가 안 된다고 말렸는데 개머리판으로 때리고 끌고 가더라."

그때서야 돌아간 상황을 짐작한 일호는 아까 마주친 트럭에 형이 타고 있었을지도 모른다는 생각이 퍼뜩 들었다.

"형!"

일호는 형을 외치면서 대문 밖으로 뛰쳐나갔다. 하지만 몇 발자국 가지 못하고 어머니에게 붙잡히고 말았다.

"놔요! 형을 찾으러 갈 거예요."

"안 된다. 삼 형제 중에 남은 건 너 하나뿐이란 말이다."

일호는 뒤에서 끌어안은 어머니의 두 손을 꼭 잡은 채 펑펑 울고 말았다. 잠시 후, 머리가 피투성이가 된 아버지가 나와서 두 사람을 데리고 집으로 돌아왔다. 정신을 차린 어머니가 아버지의 머리에 난 상처에 된장을 발랐다.

일호는 힘없이 방으로 들어왔다. 형 진호가 늘 쓰던 책상에는 폴 엘뤼아르의 시집이 펼쳐져 있었다. 끌려가기 전에 읽던 시의 제목은 〈자유〉였다.

놀라운 소식이 담긴 창가에

긴장된 입술 위에

침묵을 넘어선 곳에

나는 너의 이름을 쓴다.

파괴된 내 안식처 위에

무너진 내 등댓불 위에

그 날 이후, 일호는 학교에 나가지 않았다. 등교한 학생들을 강제로 전쟁터로 끌고 간다는 소문 때문이었다. 아버지도 바깥출입을 하지 않았다. 북한군은 8월 15일 이전에 부산까지 함락시킨다고 큰 소리를 쳤지만 그때가 지나도 그들이 이겼다는 소식은 전해지지 않았다. 오히려 밤이 되면 공습 사이렌이 울렸고, 시내 곳곳에 폭탄이 떨어지는 일이 늘어났다. 그럴수록 분위기는 더욱 악화되었다. 인민재판이라는 것이 수시로 열려서 군인이나 경찰의 가족을 비롯해서 많은 사람들이 처형당했다. 처형당한 시신들은 전봇대에 매달아 놓거나 경찰서 앞에 눕혀서 오가는 사람들이 볼 수 있도록 했다.

어느 날, 어머니와 함께 배급을 타러 가던 일호는 경찰서 앞에 시신들이 쭉 늘어서 있는 걸 봤다. 시신에서 흘러나온 피가 바닥에 깔린 거적 밖으로 흘러나와서 땅을 적셨다. 시신은 대부분 여자나 아이들이었다. 한여름이라 악취가 코를 찔렀지만 배급을 타는 곳이 바로 옆이라서 어쩔 수 없이 지나가야만 했다.

손으로 입과 코를 가린 어머니가 말했다.

"보지 말고 얼른 지나가자."

일호는 어머니의 손을 잡고 시신이 늘어서 있는 길을 지나가다가 발걸음을 멈췄다. 익숙한 옷이 눈에 띄었기 때문이다. 피로 얼룩지긴 했지만 그가 다니는 학교의 교복 상의였다. 설마 했던 일호는 퉁퉁 부은 시신의 얼굴을 바라봤다. 한강 다리가 끊기는 날 만나고 계속 보지 못했던 인기였다. 그 옆에는 언젠가 집에 놀러갔다가 인사를 했던 인기의 어머니와 누이의 시신이 함께 놓였다.

바로 옆 배급소를 지키던 인민 위원회 청년이 지나가는 사람들에게 말했다.

"이자들은 군경의 가족들로 공화국을 배신하려고 했기 때문에 처형당했소! 공화국을 배신하면 오직 죽음뿐이라는 걸 명심하시오!"

일호는 그 얘기를 들으면서 인기가 대체 뭘 배신했을까 생각해 봤다. 눈물이 났지만 어머니가 참으라는 눈짓을 했다. 포대에 쌀을 담아 돌아오면서 일호는 내내 울었다. 어머니도 사람들이 보이지 않자 혀를 찼다.

"아무리 그래도 그렇지 가족들이 무슨 죄가 있다고……."

집에 거의 도착할 무렵 공습 사이렌이 울렸다. 그리고 뒤따라 포성이 들렸다.

9월이 되면서 분위기가 묘하게 흘러갔다. 북한군이 낙동강까지 밀고 내려갔지만 국군과 유엔군의 방어에 막혀 막대한 피해를 입고 있다는 내용이 흘러나왔다. 그런 소문을 사실이라고 입증하듯 북한군의 수탈과 발악이 극에 달했다. 젊은 남자를 의용병으로 끌고 가는 건 물론이고, 전쟁에 쓴다고 자전거와 재봉틀은 물론 숟가락과 요강까지 가져갔다.

애지중지하던 재봉틀을 빼앗긴 어머니가 푸념했다.

"왜정 때보다 더하네. 징한 놈들."

누군가 문을 두드릴 때마다 아버지와 일호는 도코노마 아래 파 놓은 구덩이에 숨었다. 그러면 어머니가 바닥을 닫고 이불을 올려놨다. 한번은 빨간 완장을 찬 청년들이 쳐들어와서 죽창으로 바닥을 이리저리 찍었다. 다행히 이불을 위에 쌓아 둔 덕분에 두 사람은 무사했다. 일호는 그런 일이 닥칠 때마다 어머니의 흰 머리카락이 늘어나는 걸 봤다. 배급도 끊겨 버려서 일호네 가족은 어머니가 뒷마당에 심어 놓은 호박을 먹으면서 버텨야 했다. 호박을 다 먹어 치운 다음에는 호박잎을 삶아서 된장에 찍어 먹었다. 호박잎을 삼키던 어머니는 전쟁터로 끌려간 진호를 떠올리면서 소리 없이 울었다. 그렇게 9월 말에 접어들었다. 호박잎마저 떨어져서 하루에 한 끼만 먹는 일이 이어졌다.

어머니가 한숨을 쉬면서 말했다.

"이러다가는 다 굶어 죽겠다. 내일 나가서 먹을 것을 구해 볼게."

"위험해요, 어머니."

"앉아서 죽으나 서서 죽으나 매한가지니 발버둥이라도 쳐 봐야지."

그렇게 얘기를 나누는 와중에도 포성이 들려왔다. 창밖으로 고개를 살짝 내민 일호가 아버지에게 물었다.

"어제부터 저쪽에서 포성이 들렸죠? 저기 인천 쪽 아니에요?"

"그러게. 무슨 일이 벌어지는 모양이다."

다음 날, 어머니는 몸뻬 바지에 수건을 머리에 둘렀다. 그리고 짚으로 짠 바구니를 옆구리에 둘렀다. 얼굴에 일부러 검댕까지 묻힌 어머니가 두 사람에게 말했다.

"문 꼭 닫고 무슨 소리 들리면 아버지를 이불장 아래에 잘 숨겨 드려라. 알았지?"

"나도 따라가면 안 돼요?"

"어림없는 소리 하지 말고 집 잘 지키고 있어. 엄마가 안 돌아와도 괜히 찾는다고 싸돌아다니지 말고."

몇 번이고 조심하라고 한 어머니는 문을 열고 밖으로 나갔다. 일호는 그런 어머니를 보고 발을 동동 굴렀다.

보다 못한 아버지가 말했다.

"정 걱정되면 따라가거라. 내 걱정 말고."

일호는 얼른 대문을 열고 나가서 어머니를 따라갔다. 어서 돌아가라고 손짓을 한 어머니는 일호가 막무가내로 매달리자 결국은 포기하고 말았다.

"엄마 손 꼭 붙잡아라."

"근데 어디로 갈 거예요?"

"서대문 작은외삼촌 집에."

일호는 어머니의 손을 잡고 조용히 길을 걸었다. 공습을 당해서 불에 타고 주저앉은 집들이 보였다. 깨진 기와 조각들이 사방으로 흩어져 있었는데 무너진 잔해 밖으로 검게 탄 시신의 일부가 삐져나왔다.

거리를 둘러본 어머니가 중얼거렸다.

"다 어디 간 걸까?"

"어디 숨어 있겠죠."

"그 사람들 말고, 빨갱이들 말이야. 거리마다 진을 치고 있더니 오늘은 코빼기도 안 보이네."

어머니 말대로 거리에는 살벌한 문구가 적힌 현수막과 벽보만 보일 뿐이었다.

주변을 살피면서 조심스럽게 서대문으로 향하던 일호와 어머니는 북한군과 마주쳤다. 큰길이 아니라 옆으로 난 샛길로 이동했기 때문에 미처 발견하지 못한 것이다. 놀란 어머니는 일호를 감싸 안고 주저앉았지만 북한군은 묵묵히 걷기만 했다. 중간중간 부상병들이 동료의 부축을 받는 것이 보였고, 자전거를 끌고 가는 민간인들도 행렬에 끼어 있었다. 그들 중 한 명이 정식이었다. 교복 차림에 등에 보따리를 둘러맨 정식이는 고개를 푹 숙인 채 아버지의 뒤를 따라 걸었다. 일호는 혹시나 정식이가 알아볼까 봐 얼른 고개를 숙였다. 곁을 스쳐 지나가는 북한군들의 행렬이 끝나자 어머니가 한숨을 쉬었다.

"이제 갔나 보다. 어서 움직이자."

"저 사람들 어디로 가는 거예요?"

"나도 모르겠다."

일호는 어머니의 손을 잡고 다시 걸었다. 서대문에 가까워질수록 총소리가 요란하게 들렸다. 몇 번이고 주저하던 어머니는 결국 여기까지 왔는데 빈손으로는 못 간다면서 발걸음을 재촉했다. 어머니를 한창 따라가던 일호는 머리 위에서 부웅 하는 소리가 들리자 반사적으로 고개를 들었다. 프로펠러를 단 비행기 한 대가 낮게 날아가는 중이었다.

"우와! 비행기다!"

두 사람의 머리 위를 지나간 비행기는 북한군이 행군하는 동대문쪽으로 날아갔다. 그리고 잠시 후 폭음과 함께 불길이 확 치솟았다. 일호는 북한군 행렬 속에 있던 정식이가 무사할지 궁금했다. 어머니는 한숨을 쉬면서 일호의 손을 잡아끌었다. 서대문 쪽으로 갈수록 총소리가 심해지고 북한군의 시신이 군데군데 보였다. 그런 와중에 겨우 외삼촌의 집을 찾은 어머니는 조심스럽게 문을 두드렸다. 외삼촌의 이름을 나지막하게 부르자 안에서 인기척이 느껴졌다. 문을 열고 밖을 내다본 것은 외숙모였다.

어머니를 본 외숙모는 입이 딱 벌어졌다.

"아이고, 이게 누구야!"

"아이구, 언니."

두 사람이 서로 부여잡고 울면서 안으로 들어갔다. 두 사람을 뒤따라 들어가려고 하던 일호는 발걸음을 멈췄다. 거리에서 들려오는 낯선 소리 때문이었다. 살금살금 골목길을 빠져나온 일호는 총소리가 들리자 납작 엎드렸다. 그의 눈에 보인 것은 탱크였다. 북한군의 작고 날렵해 보이는 탱크가 아니라 크고 우람해 보였다. 옆구리에 하얀색 별이 그려진 탱크는 길 중간에 멈춰 서서는 포탑을 이리저리 돌렸다. 그러다가 어느 한곳을 겨누더니 불을 뿜어냈다. 포탄에 맞은 2층 건물이 부서졌다. 옆에 있던 전신주까지 덩달아 넘어지면서 흙먼지가 자욱하게 일어났다.

"우와!"

죽음에 대한 공포감을 잊어버린 일호는 벌린 입을 다물지 못했다.

포격을 한 탱크는 다시 느릿느릿 굴러갔다. 탱크 뒤를 따라온 미군들이 이리저리 흩어진 채 천천히 전진해 왔다. 그러다가 어디선가 총소리가 들려오자 납작 엎드렸다. 2층 건물 창가에 숨어 있던 북한군이 쏜 포탄이 쉬익 하는 소리와 함께 머리 위를 스쳐 지나갔다. 한참 날아가던 포탄이 등 뒤에서 터졌다.

고개를 돌려서 어디쯤 떨어졌는지 확인하던 일호는 저도 모르게 중얼거렸다.

"엄마!"

포탄이 떨어진 곳은 어머니가 들어갔던 외삼촌네 집이었다. 불길이 치솟는 가운데 깨진 기와와 나뭇조각들이 사방에 비처럼 떨어졌다. 벌떡 일어난 일호는 한걸음에 외삼촌네 집으로 달려갔다. 쑥대밭이 된 집 안은 불길에 휩싸여 있었다. 반쯤 부서진 대문을 걷어차고 안으로 들어갔지만 후끈거리는 열기에 더 나아갈 수 없었다.

잿더미 앞에서 털썩 주저앉은 일호는 힘없이 흐느꼈다. 친한 친구들과 세상에 하나밖에 없는 형과 다정다감했던 선생님에 이어서 이

제는 어머니까지 잃고 말았다. 집으로 돌아가야겠다는 생각이 들었
지만 어떻게 가야 하는지 잊어버리고 말았다.

넋이 나간 일호는 힘없이 중얼거렸다.

"나의 삶은 파괴되고 말았어."

한국 전쟁은 광복의 기쁨이 채 가시기도 전에 찾아온 민족의 비극입니다. 수백만 명의 인명 피해와 이산가족, 산산조각 난 삶의 터전이 남긴 상처들은 오늘날까지 여전히 아물지 않고 있습니다. 평화로운 일요일 아침에 전쟁이 벌어지리라고는 아무도 예상하지 못했고, 그것은 큰 비극으로 이어지고 말 았습니다. 북한군이 빠르게 진격하자 한강의 다리를 폭파시켜 버린 겁니다. 그 탓에 서울에 남아 있던 일반 시민들은 몇 달 동안 북한군의 횡포에 시달려 야만 했습니다. 주인공 일호는 평범한 사춘기 청소년입니다. 여자에게 호기 심 많고 공부 대신 친구들과 노는 것을 더 좋아하지요. 하지만 전쟁이 터지면 서 일호의 삶은 완전히 파괴됩니다. 믿고 의지하던 선생님은 물론 가까운 사 이였던 친구의 변신, 하나밖에 없는 형이 전쟁터에 끌려가면서 일호의 주변은 차근차근 부서져 나갑니다. 결국 마지막에 전쟁터에 홀로 남겨진 일호는 자 신의 삶이 완전히 파괴되었다는 것을 깨닫습니다. 하지만 일호가 할 수 있는 것은 아무것도 없었습니다.

삶은 여러 가지 이유로 파괴되곤 합니다. 하지만 누군가 죽고 다치는 전쟁 은 가장 큰 파괴를 가져옵니다. 이 글에서 등장하는 일호는 당시 전쟁을 겪었 던 모든 청소년들의 삶이 조금씩 들어가 있습니다. 저는 1950년대의 시커먼 흑백 사진 속에서 수많은 일호를 발견합니다. 거리에서 구두 통을 짊어지고 걷거나 혹은 구걸을 하는 아이들 속에서 말이죠. 아주 오래된 일이라고 생각하고 있다가 불과 70여 년 전의 일이라는 사실을 깨닫고는 깜짝 놀라곤 합니다. 가끔 차라리 전쟁이라도 터지면 좋겠다고 말하는 사람들이 있습니다. 하지만 두 번째 한국 전쟁은 첫 번째와는 비교할 수 없을 정도로 엄청난 인명 피해가 날 가능성이 높습니다. 그리고 수많은 파괴된 일호들이 생겨날 것입니다. 전쟁이 벌어지면 어떤 일이 벌어질지에 대한 우려와 걱정이 이 글을 쓰게 만든 이유 중 하나입니다. 한국 전쟁이 이 땅에서 벌어진 마지막 전쟁이길 소망하면서 파괴된 삶을 살아야만 했던 그 시절의 수많은 일호에게 이 이야기를 바칩니다.

바다로 돌아오다

은이결

일요일 아침, 오늘은 욕설보다 고무신짝이 먼저 날아왔다. 엉덩이를 추켜올리고 세수를 하던 나는 대야에 얼굴을 처박을 뻔했다. 또 한 짝이 날아와 세숫물에 풍덩 빠졌다. 검정 고무신에 묻은 진흙이 사방으로 튀었다.

"명중! 광나게 씻어서 ……."

"저 염병할 새끼. 나이를 거꾸로 처먹나, 언제 철이 들어?"

용태 말이 담을 다 넘어오기도 전에 콩나물을 씻던 짱구 아줌마가 소리를 질렀다.

용태 머리가 담 밑으로 사라졌다. 나는 목을 타고 흐르는 물을 훔치며 더러워진 세숫물을 노려보았다.

"일남아, 그거 변소간에 담가서 홍어만큼만 삭혀. 저놈의 새끼한테 그게 딱이다."

바가지를 들고 뒷방으로 가는 아줌마 목소리가 찌렁찌렁 늦겨울 아침을 깨웠다.

나는 변소 앞까지 굴러간 고무신짝을 찾아 대야 속에 넣었다. 개새끼, 개보다 못한 새끼. 이거 신고 미끄러져 대갈통이나 깨져라. 운전하다 전봇대에 바아라. 욕은 아줌마처럼 내질러야 제맛인데, 나는 구시렁구시렁 흙탕물을 주물렀다. 엄마가 아버지 몫에서 덜어 준 따스한 세숫물이 날아갔다.

그사이 짱구 아줌마가 콩나물을 무쳐서 가져왔다.

"참 지랄 맞은 아침이네. 형님, 우리 집엔 일본 앞잡이도 없고, 빨갱이도 없고, 구린 자유당도 없고, 죽어 나가는 민주당도 없어. 앞길 막힐 자식까지 없어서 그런가, 하라는 대로 하자니 기분 참 지랄 맞소."

우리 앞에서도 빨갱이라는 말을 거침없이 하는 아줌마 말처럼 오늘은 모두에게 지랄 맞은 날이었다.

일요일인 오늘, 학생들은 모두 등교를 해야 한다. 우리 학교는 지난주에 끝난 시험을 다시 보겠다고 했고, 순자네 학교는 뒷산으로 토끼몰이를 하러 가겠다고 했단다. 학생뿐만 아니었다. 공무원은 출근을 해야 하고 장사하는 가게는 문을 닫으면 안 된다.

오늘은 민주당 부통령 후보가 서울에서 내려와 선거 유세를 하는 날이었다. 자유당이 선거에 불리해지자 나라에서 민주당 선거 유세장에 사람들이 모이는 걸 막으려고 말도 안 되는 일을 벌였다. 엄마와 아줌마도 부두에 가서 반공 청년단에게 얼굴 도장을 찍어야 한다고 했다.

"하여간 염병할 것들, 우리 일남이는 밥 많이 먹고."

짱구 아줌마가 내 등을 두드려 주고 뒷방으로 돌아갔다.

짱구네 집엔 짱구가 없다. 나보다 한 살 어린 짱구는 전쟁 때 죽었다. 전쟁에 나갔던 짱구 아빠는 다리를 다쳤다. 사람들은 전쟁이 아줌마를 욕쟁이로 만들었다고 했다. 엄마가 눈물로 푸는 전쟁 후유증을 아줌마는 욕으로 풀었다.

밥상에 여섯 식구가 둘러앉았다. 아버지가 밥을 뜨다가 멈췄다. 막내 미남이가 수저를 들었다가 아버지 눈치를 살폈다. 순자와 순덕이도 아버지 손만 쳐다봤다.

"일남아, 학교 끝나면 곧장 집으로 와라."

어제 잠들기 전까지 귀에 딱지가 앉도록 들은 말이었다.

"걱정 마세요. 바로 올게요."

그제야 아버지가 밥을 떴다. 동생들 수저도 밥그릇에 꽂혔다.

아버지는 하고 싶은 말을 참고 있었다. 나는 아버지 속에 든 말을 자다가도 읊을 수 있다.

'우린 남들과 달라. 뒷산만 봐도 의심받아. 바다만 쳐다봐도 의심을 받는단 말이다. 난 글렀지만 너희는 살아야지. 고개 숙이고 땅만 보고 살아. 그게 할아버지 유언이다.'

어릴 적부터 뱃일을 한 아버지는 배를 갖는 게 꿈이었다. 키가 크고 어깨가 떡 벌어진 아버지에게 뱃일만큼 잘 어울리는 건 없었다. 내 이름을 딴 '일남호'라는 배 이름도 미리 지어 놓았다. 그런데 전쟁이 끝나고 아버지는 더 이상 배를 탈 수 없게 되었다. 선장이 되는 꿈도 날아가 버렸다. 펄떡이는 힘 좋은 물고기 같던 아버지가 이젠 납작 엎드린 음지의 이끼가 된 것이다. 그건 아버지의 형 때문이었다.

큰아버지는 전쟁이 나던 해 봄에 사라졌다. 몇 달 후, 북한군이 서울로 들어왔다는 소식이 전해질 즈음 큰어머니와 사촌 형들도 없어졌다. 전쟁이 끝나자 우리는 빨갱이 집안이 되어 있었다. 할아버지와 아버지, 엄마는 수시로 어딘가로 끌려가 몸이 상해서 돌아오곤 했다. 그럴 때마다 큰아버지가 지리산에 남았다거나 북에서 넘어왔다거나 남도 섬에 숨어 있다는 소문이 돌았다. 이웃과 친척은 점점 우리를 멀리했다. 할아버지가 돌아가시자 할아버지 형제들도 발길을 끊었다.

아버지와 엄마는 지난겨울에도 지프차에 실려 배 형사에게 끌려갔다. 엄마는 이틀 만에 돌아왔지만 아버지는 열흘쯤 지나서 풀려났다. 한쪽 눈이 심하게 붓고 입술이 터진 건 아무것도 아니었다. 아버지는 허리를 다쳐 잘 걷지 못했다.

"나더러 자유당 선거 운동원을 하래."

동해안으로 무장 공비가 숨어든 것 때문에 부모님이 끌려간 줄로만 알았는데 그게 아니었다. 배 형사는 체격이 좋은 아버지를 선거

운동원으로 써 먹으려고 한 것이다.

"말이 좋아 선거원이지, 자유당 깡패를 모으는 거야. 차라리 잘됐어. 이 몸으로는 아무것도 못해."

아버지가 누워 지내는 겨울 동안 전국이 부통령 선거로 들썩이기 시작했다. 아버지는 나에게 마산을 뒤덮은 선거 벽보를 쳐다보지 못하게 했다. 자유당 후보 벽보를 보면 노려보는 게 되고, 민주당 후보 벽보를 보면 지지하는 걸로 꼬투리를 잡힐 거라고 했다. 아버지가 두려워하는 건 장남인 나까지 배 형사에게 끌려가는 거였다.

나도 꼭 한 번 지프차에 탄 적이 있었다. 중학교 입학을 앞둔 날이었다. 배 형사는 나를 지프차에 밀어 넣고 바닥에 엎드리게 했다. 골목을 쫓아 나오며 울부짖던 엄마 소리가 뚝 끊겼다. 배 형사가 내 등에 발을 올려놓고 차체가 튀어오를 때마다 옆구리를 내질렀다. 나는 부들부들 떨다가 바지에 오줌을 싸 버렸다.

과수원 한가운데에 일본식 2층 집이 있었다. 삐꺽대는 소리가 요란한 계단을 올라가니 좁은 복도에 문이 여러 개였다. 가장 안쪽 방은 몹시 작고 창문이 판자로 막혀서 깜깜했다.

배 형사가 희미한 전등 밑에 나를 앉혔다.

"학생이니까 대답만 잘하면 바로 보내 준다. 오 초 안에 대답을 해라. 거짓말하면 다음은 니 동생들이다."

나는 세차게 고개를 끄떡였다. 겁을 주지 않아도 아는 건 뭐든지 말할 생각이었다. 순자가 끌려온다는 건 정말 말도 안 되는 일이었다. 그때 순자는 겨우 열 살이었다.

"큰아버지 마지막으로 본 게 언제야?"

"어릴 때요."

"그게 언제야?"

"전쟁 나기 전에요."

"어디서?"

"집에서요. 큰집이랑 우리랑 같이 살았어요."

"큰집 식구들 중에 다녀간 사람 있지? 사촌 형이 세 명 있었잖아."

"없어요. 아무도 안 왔어요."

배 형사는 많은 것을 물었고 몇 번이나 같은 질문을 반복했다. 어릴 적이라 생각이 잘 안 난다고 하면 뺨을 때렸다. 바로바로 대답하면 거짓말이라고 했다.

"거짓말 아니에요. 전 큰집 식구들 싫어요. 큰집 때문에 우리만 고생하잖아요."

나는 울면서 말했다. 진심이었다. 큰집 식구들이 어떻게 돼 버렸으면 좋겠다고 생각했다.

마지막으로 서약서를 썼다. 우리 집은 월북자가 있는 집안이라는 것과 큰집 식구들이나 낯선 손님이 오면 가장 먼저 신고하겠다는 내용이었다.

"앞으로 네가 하는 일은 뭐든지 내 귀에 들어온다. 얌전히 공부만 하면 아무 문제 없어."

그건 얌전하지 않으면 학교에 우리 집 내력을 알리겠다는 거였다. 그렇게 되면 멀리 있는 중학교로 진학한 게 헛수고가 된다. 우리 집에 월북자가 있다는 것을 아는 순간 선생님과 친구들은 나를 벌레 취급할 게 뻔했다. 늘 그래 왔다.

바로 보내 주겠다던 배 형사는 통금 시간이 가까워서야 나를 시청 앞에 내려 주었다. 전당포에 걸린 시계를 보니 열한 시가 훌쩍 지나 있었다. 나는 오줌 싼 바지 그대로 집으로 돌아왔다.

골목을 꺾자마자 용태와 맞닥뜨렸다. 벽에 기대어 있던 용태가 성큼 다가오는 바람에 눈을 질끈 감았다. 고무신은 담 위에 있었다.

"말리는 중인데요. 다 마르면 갖다주려고 했어요."

용태가 무언가로 내 뺨을 툭툭 쳤다. 종이가 팔랑 흔들렸다.

"어제 서울에서 쌈박한 새 필름이 내려왔어. 학교 끝나고 극장으로 와."

영화표였다. 용태가 나에게 영화를, 귀한 영화를 보여 주겠다는 거다. 선거 운동원들에게는 너무도 흔해서 똥닦개로 쓴다는 고무신표와 비누표가 우리 집에는 한 장도 오지 않았다. 그런 것으로 꾀지 않아도 아버지와 엄마는 알아서 자유당을 찍을 걸 알기 때문이었다. 그들에게 우리는 잡아 놓은 물고기였다.

눈앞에 펼쳐진 영화표에 잠깐 정신이 팔렸지만 곧 그늘진 아버지 얼굴이 떠올랐다.

"집에 빨리 와야 해요."

"알아, 알아. 내가 배 형사에게 말해 줄게."

안 된다. 아버지를 개처럼 끌고 가는 형사 끄나풀이 주는 건. 고등학교 입학금을 낼 돈뭉치라고 해도 싫다.

용태는 군화 끈을 조이며 말했다.

"싫으면 할 수 없지. 이런 날 집에 있었다고 하면 배 형사가 믿을까 모르겠네."

침을 찍 뱉고 골목을 빠져나가는 용태에게 빈주먹을 날렸다. 개새끼, 언제부터 날 생각해 줬다고. 아무리 그래 봐라, 내가 네 밑으로 들어가나.

옆집 용태 새끼는 중학교 선배다. 학교를 졸업하고 사라졌다가 2년 만에 돌아왔다. 그동안 어디에서 뭔 짓을 했는지 나이를 세 살이나 올린 가짜 운전면허증으로 신발 공장 사장 지프차를 몰았다. 그러곤 대한 반공 청년단에 들어갔다. 어쩌면 반공 청년단이 되어서 가짜 면허증이 생겼는지도 모른다. 용태는 나에게 졸업을 하면 그곳 단원으로 들어오라고 했다.

대한 반공 청년단은 이승만 대통령이 총재로 있는 단체였다. 그에 걸맞게 힘도 막강했다. 그러나 거창한 이름과 달리 하는 일은 차부에서 진을 치고 있는 깡패와 별로 달라 보이지 않았다. 전쟁으로 피폐해진 나라를 재건하는 일을 하는 곳이라고 하는데 툭하면 선거 유세장에 나타나 사람들에게 겁을 주었다. 시내에서 싸움이 났다거나 누군가 다쳤다고 하면 그곳엔 틀림없이 반공 청년단이 있었다.

용태 속셈은 뻔했다. 나를 제 부하로 만들어 맘대로 써 먹으려는 것이다. 주먹질로 안 되니 이젠 영화표로 꾀려 한다. 금덩어리나 다름없는 영화표까지 가져온 걸 보면 맘껏 부려 먹을 놈이 절실한가 보다.

담임 선생님은 잘 부르지도 않던 출석을 불렀다. 결석을 한 아이는 한 명도 없었다. 시험지가 손에서 손으로 넘어왔다. 시험은 말 그대로 재시험이었다. 문제가 지난 주 것과 똑같았다. 진영이가 손을 들었다.

"질문 받지 않는다. 너희에게 해 줄 말이 없다. 문제 읽고 답 적어라. 다 풀었으면 엎드려 자도 좋다."

툭툭 말을 뱉어 내는 선생님은 화가 난 것 같기도 하고 슬픈 것 같기도 했다.

나는 대충 문제를 풀어 나갔다. 어차피 성적과 아무 상관도 없는 시험이었다.

두 시가 넘어서 전교생이 운동장에 모였다. 교장 선생님이 30분 넘게 반공 교육을 했다.

"이승만 대통령 각하께서 이 나라를 지키지 않는다면 우리는 또다시 전쟁에 휘말리게 된다. 그때 여러분은 펜이 아닌 총을 들어야 한다. 가족과 밥을 먹고 학교를 다니는 단란한 시간이 다시는 오지 않는다. 왜냐하면 여러분 중에 대부분은 공산당 총칼에 무참히 죽을 것이기 때문이다. 그래서 이 나라엔 누가 필요하다고? 자유당!
바로 자유당이다. 이승만 대통령 각하와 그분을 지지하고 받쳐 줄
자유당이 필요하다. 오늘 여러분이 할 일은 지금까지 내가 한 말을
부모님에게 전하는 것이다. 여러분과 가족의 목숨을 지켜 줄 정당은
자유당뿐이다."

교장 선생님은 마지막 말을 몇 번이나 강조한 후에야 연설을 끝냈다.

하교를 하라는 말이 떨어지자 운동장이 순식간에 왁자지껄해졌
다. 까만 교복들이 교문으로 몰렸다.

"이게 무슨 민주 선거냐? 이러려면 선거 유세는 뭐 하러 만들었
냐?"

"이번 민주당 후보도 갑자기 죽는 거 아니야?"

"이 새끼, 그런 말 하는 네가 먼저 쥐도 새도 모르게 죽겠다."

아이들이 떠들어 댔다.

상관없어, 난 상관없어. 나는 고개를 숙이고 중얼중얼 걸었다.

교문 밖으로 나오자 한 목소리가 도드라졌다.

"전달, 어시장 공판장으로! 다른 학교도 모인다, 어시장 공판장으
로. 전달."

앞에서 넘어온 말이 빠르게 뒤로 옮겨 갔다. 어시장 공판장은 민주
당 부통령 후보가 연설을 하는 곳이었다.

무리에서 빠져야 한다. 나는 조금씩 걸음을 늦췄다. 그때 누군가
어깨를 덥석 안았다.

"일남아, 이따가 거리 행진에서 현수막 좀 들어. 규식이는 키가 작아서 폼이 안 나."

진영이가 가쁜 숨을 내쉬며 큰 포대 하나를 들어 보였다. 그 안에 현수막이 들어 있는 것 같았다. 진영이는 나에게 같이 가자고 손짓을 하고 학생들을 뚫고 뛰어갔다. 시위를 선동할 아이들이 진영이 뒤로 줄줄이 따라가는 게 보였다.

나는 길가 나무둥치에 붙었다. 까만 교복들이 빠르게 앞질러 갔다. 마치 모두가 진영이를 따르는 것만 같았다.

진영이는 아버지가 신문사 기자여서 아는 것이 많다. 쉬는 시간마다 시국이니 장기 독재니 하는 말을 써 가며 어른들이나 알 법한 이야기를 우리에게 들려주었다. 일요일에 등교를 해야 하는 이유를 따지러 교장실로 가자고 아이들을 모은 것도 진영이였다. 그런 진영이가 나를 시위에 끌어들이려고 하는 건 내 잘못이 컸다. 어떤 것에도 절대 관심을 갖지 않겠다는 결심을 나도 모르게 깨 버렸다.

얼마 전, 진영이가 정부에서 강제로 신문을 폐간했다며 흥분하는 것을 보고 나는 그만 한마디 거들었다.

"신문뿐이겠냐. 지들 마음에 들지 않으면 사람도 없애 버릴 거야."

이건 그저 용태가 나를 위협하는 말이었다. 진영이와 뜻이 맞다거나 어떤 의식이 있어서가 아니었다.

며칠 후 진영이가 나를 빵집으로 데려갔다. 거기에 고등학교 형들이 기다리고 있었다. 형들은 자신들을 독서 모임 회원이라고 소개했다. 형들을 세 번째 만나고 나서 나는 그곳에 발길을 끊었다. 형들은 진영이가 학교에서 하던 것보다 훨씬 과격하게 정권을 비판하고 있었다. 읽어 보라는 책 제목들도 이상했다. 나는 그곳에서 큰아버지 냄새를 맡았다. 큰아버지 냄새 따윈 생각도 해 본 적이 없지만 그런 건 본능적으로 알 수 있었다. 거긴 내가 가서는 안 될 곳이었다.

학생들이 거의 다 신작로로 빠져나갔다. 나는 밭으로 내려섰다. 시내로 가는 큰길을 버리고 밭을 가로질러 강변 둑을 따라 집으로 가는 길을 택했다. 나는 민주주의니 공산주의니 하는 것에는 관심이 없다. 그저 아버지와 엄마가 매일 저녁 무사히 집으로 돌아오길, 아무도 내가 월북자 집안 자식이라는 것을 모르길 바랄 뿐이다.

강둑으로 올라와 달리기 시작했다. 신작로와 나란한 강둑은 길었다. 숨이 가빴지만 멈추지 않았다. 까만 교복들이 보이지 않을 때까지 달렸다.

*

나무에 꽃망울이 총총 붙었다. 나는 차부로 들어오는 버스가 잘 보이는 벚나무에 기대어 섰다. 도착할 시간이 훌쩍 넘었는데도 버스가 오지 않았다. 도착 예정 시간은 정말 예정된 시간일 뿐 버스가 제시간에 오는 꼴을 못 봤다.

버스 한 대가 들어왔다. 문이 열리자마자 까까머리 한 놈이 내려섰다.

"김주열! 주열아."

잔뜩 찡그린 주열이가 나를 보고 손을 번쩍 들었다. 얼굴이 핼쑥
했다. 또 멀미를 심하게 했나 보다. 주열이는 남원에서 새벽 첫차를
탔는데도 해가 지려는 이제야 마산에 도착한 것이다.

"사람이 왜 이렇게 많아?"

주열이는 북적이는 차부를 빠져나오며 투덜거렸다.

"내일이 선거잖아."

"그게 뭐?"

"네 동네는 안 그래? 여긴 자유당 선거원들이 시내에 쫙 깔렸어.
한 표라도 더 먹으려고 새벽부터 집집마다 찾아다니더라. 우리 앞집
아저씨는 아직 투표용지도 못 받았어. 그 아저씨, 민주당 선거 운동
원이거든."

"우린 지리산 밑이라서 더 심해. 내일 장날인데 마을 입구를 지키
고 있을 거래. 투표를 안 한 사람은 시내로 못 나간대. 그리고 투표
못 하는 사람들 신분증을 받아 갔어."

나는 아침에 배 형사가 찾아온 게 생각나 기분이 나빠졌다.

"받아 가긴, 빼앗았겠지. 아 씨, 몰라."

투표권도 없는 나와는 상관없는 일이다. 이번 선거는 투표권이 있
는 어른들도 어찌해 볼 수가 없다.

주열이는 남원에 사는 이모 아들이다. 지난달에 나와 함께 상업

고등학교 입학시험을 봤다. 내일이 결과 발표일이었지만 선거 때문에 모레로 미뤄졌다. 주열인 그걸 모르고 오늘 온 것이다.

"일남아, 너 자신 있어?"

"몰라, 떨어지면 서울로 튀어 버리려고. 넌?"

"난 떨어지면 안 돼. 작년에 학교 그만둘 때도 부모님에게 너무 죄송했어."

주열이도 나만큼 절실했다. 주열이는 고등학교를 다니다가 적성에 맞지 않아서 그만두고 다시 시험을 본 거였고, 나는 공장에 취직을 하려다가 진학을 하기로 한 거였다. 서울로 가는 건 꿈도 못 꾼다. 툭하면 잡혀가는 부모님과 어린 동생들을 두고는 아무 데도 못 간다.

용태 새끼는 일찌감치 내 앞길을 예언했다.

"빨갱이 새끼가 뭔 공부냐? 넌 앞길이 꽉 막혔어. 뭘 해도 안 돼."

나를 더 절망에 빠뜨린 건 용태와 같은 생각을 하고 있는 아버지였다. 아버지는 나에게 출세는 꿈도 꾸지 말라고 했다. 월북자가 있는 집은 아무리 학벌이 좋아도 신원 조회에 걸려서 취직을 할 수 없다고 했다.

아버지 마음을 돌려놓은 건 짱구 아빠인 뒷방 상이군인 아저씨였다. 오른쪽 허벅지에 총알이 박혀 있다는 아저씨는 매일 방에만 있었다. 아저씨가 밖으로 나올 땐 술을 마신 날이었다. 술에 취한 아저씨는 골목에서 노래를 불렀다. 아줌마는 아저씨를 말리기는커녕 얼쑤 좋다 하며 장단을 넣었다.

"일본 경찰 새 나라 경찰 되고, 일본 공무원 새 나라 공무원 되고, 일본 앞잡이 새 나라 앞잡이 되고. 독립 독립 울 아버지 만주 귀신 되고, 돌격 돌격 난 뷰웅신 되고. 빨갱이도 멀쩡히 사는 이 세상, 잘도 돌아간다."

아저씨는 항상 뷰웅신에서 목청을 높였다. 그다음엔 자신을 뷰웅신으로 만든 공산당 새끼들은 죄다 쏴 죽여야 한다고 노래했다. 그때마다 나는 섬뜩해서 아버지 눈치를 살폈다.

어느 날 아저씨가 변소 앞에서 중얼거렸다. 세수를 하러 나온 나에게 한 말인 줄 알았는데 나중에 보니 변소 안에 있는 아버지가 들으라고 한 말이었다.

"조상이 자식 앞길을 막았잖아. 빨갱이 타령은 나라에서 하라고 둬. 자식 숨구멍 터 주려면 학교를 보내야지."

그 말은 효과가 컸다. 술을 마시지 않으면 숨소리도 내지 않은 아저씨가 멀쩡한 정신으로 한 말이었기 때문인지도 몰랐다. 아버지는 며칠 후 나에게 주열이와 함께 상업 고등학교 입학시험을 보라고 했다. 나는 부랴부랴 원서를 썼다.

다음 날 아침, 엄마는 생선 살을 발라서 주열이 밥 위에 얹어 주었다. 주열이는 우리 집에 올 때마다 남원에서 구경하기 힘든 생선이 통째로 상에 올라오는 것을 놀라워했다.

주열이는 밥보다 생선 살을 더 많이 올려 입에 넣었다.

"주열인 여기 살아야겠다. 언니도 형부도 비린 걸 싫어하는데 넌 누굴 닮아 생선을 이리 좋아할까?"

"이모 닮아서요."

나는 번쩍 고개를 들었다. 계집애처럼 구는 녀석 때문에 밥맛이 뚝 떨어졌다.

주열이 대답에 기분이 좋아진 엄마는 나와 동생들에게 잔챙이 생선을 통째로 밥 위에 올려 주었다. 우린 웬만하면 생선을 뼈째 먹는다. 그게 더 맛있다.

"형님, 갑시다."

짱구 아줌마가 엄마를 불렀다.

오늘이 바로 선거날이었다. 엄마와 짱구 아줌마와 문간방 새댁은 투표를 하러 함께 가야 한다. 지난주부터 세 사람은 짝이 되어 세 번이나 투표 연습을 했다. 투표하는 방법을 몰라서가 아니었다. 이번 투표에는 나라에서 세 명, 다섯 명씩 짝을 지어 주었다. 투표소에 가서 제대로 기표를 했는지 짝꿍끼리 확인하는 것도 모자라서 자유당 당원에게 검사를 받은 후에 투표용지를 선거함에 넣어야 한다. 도장은 당연히 1번, 자유당 후보 이름 옆에 찍어야 한다. 오늘 투표는 모든 게 대통령이 속해 있는 자유당 멋대로였다.

"지랄도 이런 지랄이 없소. 그래도 시키는 대로 붓뚜껑 눌러야 형님도 편코 나도 편소."

짱구 아줌마는 욕을 잘하는 만큼 눈치도 빨랐다. 오래 살고 싶은 마음은 없어도 억울하게 잡혀가서 개죽음당하기는 싫다고 했다.

주열이는 생선 살을 바르는 게 귀찮은지 나처럼 생선을 통째로 뜯어 먹기 시작했다.

"어떻게 될 것 같아?"

"선거? 뻔하지 뭐. 집에선 이야기하지 마. 새도 듣고 쥐도 듣고 개새끼도 듣고 있거든."

밥을 다 먹은 순자와 순덕이와 미남이가 어설프게 생선을 발라 먹는 주열이를 쳐다보고 있었다.

"오빠, 상고 졸업하면 은행에 취직하지? 월급 타면 오빠 나 나이롱 원피스 사 주고, 오빠 구두 한 켤레 사 줘."

막 멋을 부리기 시작한 순자가 나와 주열이를 번갈아 가리켰다.

"발표도 안 났잖아. 떨어질지도 몰라."

"아냐, 오빠 붙어. 내가 어제 주열이 오빠 합격하는 꿈 꿨어."

"진짜야? 나는?"

순자 꿈은 그냥 꿈이 아닐 때가 있다. 신기하게도 순자는 앞으로 일어날 일을 꿈에서 종종 본다.

"음, 한 명만, 한 명만 학교 가던걸."

나는 순자를 한 대 쥐어박으려다가 참았다.

밥상을 치우고 빈둥거리는데 엄마와 아줌마 둘이 대문을 들어섰다. 짱구 아줌마는 투표장이 아주 살벌하다고 했다.

"야당 당원들은 투표장에 발도 못 붙이게 깡패들이 안팎으로 지키고 있어."

"저러다 뭔 일 나지."

엄마는 우리더러 투표장 근처엔 얼씬도 말라고 했다.

주열이가 "넵." 시원스레 대답하고는 신발을 신었다.

"바다 보러 가자."

"넌 바다가 그렇게도 좋냐?"

"응, 당연하지."

천연덕스러운 주열이 대답에 피식 웃음이 나왔다.

우린 부두로 나가 해가 비치는 곳에 앉았다. 합격자 발표가 미뤄졌지만 오후에 학교로 찾아가서 미리 결과를 알아보기로 했다. 주열이는 내일 아침에 다시 남원으로 돌아가야 한다.

"일남아, 바다에서 수영해 봤어? 계속 파도가 치는데 수영이 되냐?"

"얌마, 수영은 바다 수영이 진짜야. 산에서 찔끔찔끔 내려오는 물에서 하는 게 수영이냐? 그냥 발 담그는 거지."

주열이는 연신 바다가 신기하다고 말했다.

"걱정 마. 합격하면 바다는 지겹도록 볼 테니까. 그땐 아마 네 집 뒷산이 그리울걸?"

"바다는 좀 무섭기도 해. 속이 안 보이잖아. 산은 눈으로 보면서 꼭대기까지 갈 수 있는데."

"맞아. 저게 마냥 잔잔해 보이지? 근데 화나면 세상을 잡아먹을 듯 덤벼들어. 폭풍이 치면 저기 어시장까지 파도가 넘어오거든. 그동안 화를 쌓아 두고 있다가 한 방에 푸는 것 같다니까."

나는 부두에서 뚝 떨어진 어시장 쪽을 가리켰다.

주열이는 내 손가락 끝이 닿는 곳을 한참 동안이나 바라봤다. 화를 내는 바다를 상상하는지 시험에 떨어질 것을 걱정하는지 알 수 없었다. 나는 시험에 떨어지면 신발 공장에 취직을 하거나 용태에게 멱살을 잡혀 반공 청년단 사무실로 가 입단 원서를 써야 한다.

주열이가 말했다.

"합격하면 나랑 같이 방 구하러 다니자."

우리 집에서 같이 지내자고 해야 하는데……, 선뜻 말이 안 나왔다.

사람들은 전라도에서 왔다고 하면 하와이라고 하며 무척 싫어했다. 사투리만 듣고도 무시하거나 전염병 환자처럼 피했다. 물건을 안 판다며 가게에서 내쫓는 주인들도 있었다. 그러고 보면 전라도 남원에서 경상도 마산으로 주열이를 보낼 생각을 한 이모가 참으로 대단하다. 이모는 다 사람 사는 세상이니 못 살 것도 없다는 주의였다.

주열이가 지리산 밑 남원에서 왔다는 걸 알면 배 형사와 용태가 더 예민하게 굴게 뻔했다. 주열이에게도 간첩 끄나풀이라는 죄를 덮어씌울지도 모른다. 아버지가 배를 타지 못하게 된 것도 그것 때문이었다. 배를 타고 나가서 섬에서 누군가를 만나고 왔다는 누명을 썼던 것이다.

일꾼들이 선원이 부려 놓은 그물에서 물고기를 떼어 내고 있었다.

"우리가 저 물고기랑 다를 게 뭐가 있냐? 아무리 발버둥 쳐도 놓아 주기 전엔 빠져나갈 수 없잖아."

평생, 나는 빨갱이라는 그물에서, 주열이는 전라도 태생이라는 그물에서 벗어나지 못할 것 같다. 넓은 곳으로는 나가 보지도 못하고 이 자리에서 끝나 버릴지 모른다.

갑자기 자동차 경적이 시끄럽게 울렸다. 지프차가 방파제 길을 빠르게 달려오더니 우리 앞에서 요란하게 급정거를 했다.

나는 벌떡 일어났다.

"야, 이 새끼야."

검게 물을 들인 군용 점퍼에 군화를 신은 용태가 운전석에서 뛰어내렸다. 항상 누군가를 태우고 다니더니 오늘은 혼자다.

"못 보던 놈인데?"

용태가 주열이 가슴을 쿡 찔렀다.

나는 친구라고 둘러댔다. 주열이가 말없이 꾸벅 고개를 숙였다. 주열이 입에서 전라도 사투리가 나왔다면 작은 용태 눈이 먹잇감을 발견한 뱀처럼 쫙 찢어졌을 것이다.

다행히 용태는 바빠 보였다.

"생각 해 봤어?"

"발표 나는 거 봐서요."

철썩, 용태 손이 날아와 뺨을 때렸다.

"이 새끼가 어디서 시건방을 떨어! 이 형님이 오늘은 무지 바빠서 그냥 가는데, 선거 끝나면 바로 입단 원서 쓰는 걸로 알아."

용태는 건들거리며 차에 올랐다. 일부러 차를 멀리까지 후진시키 더니 우리에게 달려들듯 다가와 모퉁이를 꺾어 갔다.

"바다에 콱 처박혀라."

"옆집? 널 감시한다는 그 형?"

"응, 형 아니고 개새끼야."

"뭘 생각해 봤냐는 거야?"

"나더러 반공 청년단 들어오래. 자기 밑에서 빨갱이 잡는 일을 하 래."

"너더러? 미친 새끼."

주열이는 지프차가 사라진 방향으로 침을 뱉었다. 나도 침을 뱉었 다. 기분이 조금 나아졌다.

"일남아, 우리 저 새끼 골려 줄까?"

"어떻게?"

주열이가 용태에 대한 것을 이것저것 물었다. 용태가 요즘 가장 아 끼는 건 얼마 전에 새로 장만한 군화였다. 늦은 밤에 군화를 번쩍거 리게 닦아 놓고 들어가는 걸 몇 번이나 본 적이 있었다.

주열이는 용태 군화 속에 썩은 생선 내장을 넣어 놓자고 했다.

"아침에 발을 쑥 집어넣었다가 그걸 찍 밟는다고 생각해 봐. 엄청 기분 나쁘겠지. 그리고 냄새 때문에 한동안 신고 다니지도 못해."

기똥찬 생각이다. 군화는 고무신처럼 씻을 수도 없다. 우린 오늘
밤을 노렸다.

*

합격이다. 둘 다 합격이다. 선생님은 멀리서 온 주열이를 위해 미리
합격증을 내주었다.

우린 어깨를 걸고 경중경중 까불며 집으로 향했다. 주열이가 합격
턱을 낸다며 집 앞에서 풀빵을 봉지 가득 샀다. 순자에게 봉지를 넘
겨 주고 뒷방에도 풀빵 세 개를 가져다줬다. 상이군인 아저씨는 어
둑한 방 안에서 책을 보고 있었다.

"아저씨, 저 합격했어요."

풀빵 그릇을 보고 내 얼굴을 쳐다보는 아저씨 눈은 여전히 퀭하게
비어 있었다.

순자는 주열이 합격증에서 눈을 떼지 못했다.

"근데, 오빠 합격증 왜 없어? 합격한 거 맞아?"

"내일이 정식 발표라니까."

나는 꿀밤을 먹이려다 또 참았다.

엄마와 짱구 아줌마가 후다닥 대문 안으로 뛰어 들어왔다. 광주
리에는 팔지 못한 생선이 수북했다.

"난리가 났다. 사람들이 시청으로 몰려가고 있어."

나와 주열이는 벌떡 일어났다.

엄마가 앞을 막았다. 아버지가 돌아올 때까지 꼼짝 말고 있으라는 것이다.

"골목까지만요. 무슨 일인지 봐야지요."

주열이 말에 우리는 모두 함께 골목 입구로 나갔다.

어스름이 내리는 거리에 사람들이 몰려가고 있었다. 교복을 입은 학생들이 어른들과 뒤섞여 한 방향으로 뛰어갔다.

"부정 표가 나왔다. 부정 선거다!"

"자유당이 선거를 조작했다!"

"시청으로, 시청으로!"

주열이가 한 아저씨를 잡고 무슨 일이냐고 물었다.

"투표함에서 미리 조작된 자유당 표가 왕창 나왔어. 민주당이 선거 무효 선언을 했어."

한 무리의 학생들이 오고 있었다. 나는 현수막을 든 무리를 보다가 깜짝 놀랐다. 앞에서 "부정 선거 타도! 시청으로!" 하며 고함을 치는 건 진영이였다. 정미소 앞까지 온 진영이가 주위를 두리번거렸다. 진영이는 우리 집을 알고 있는 유일한 친구였다. 독서 모임에 나가지 않는 나를 따라온 적이 있었다. 나는 얼른 집을 향해 뛰었다.

잠시 후 골목을 꺾어 들어오는 발소리가 들렸다. 나는 후다닥 대문을 열고 변소 안으로 뛰어들었다.

"일남아."

다급하게 나를 부르는 목소리, 역시 진영이었다.

"일남아, 빨리 나와 봐."

"형아, 친구 왔어."

미남이까지 "형아, 형아." 하고 불렀다. 진영이와 미남이 목소리가 집을 뒤지고 있었다. 나는 문고리를 움켜쥔 손가락에 불끈 힘을 주었다.

변소 문이 흔들렸다.

"일남아, 여기 있어?"

으읍, 숨을 멈췄다. 몸이 푸들푸들 떨렸다. 진영이와 맞닥뜨리느니 변소 통에 처박히는 게 나았다. 진영이가 시위대에서 빠져나와 우리 집에 온 이유는 단 하나였다. 오늘만큼은 함께 시청으로 가자고 말하고 싶은 거였다.

독서 모임을 그만둔 나에게 '자유당표 방공주의자냐, 시대의 방관자냐'라고 묻던 진영이 앞에서 나는 뭐가 그리 거창하냐며 피식 웃는 걸로 외면했다. 다시 그 질문에 부딪힌다면 이젠 웃어넘길 용기조차 없었다.

'진영아, 난 갈 수 없어. 함께할 수 없어, 내가 거기에 끼면 너희까지 빨갱이로 몰려. 빨갱이가 있는 곳엔 다 빨갛게 되어 버려. 너희들까지 망가진다고.'

나는 이를 악물었다. 터져 나오려는 울음을 참았다. 제발 나를 이

대로 내버려 두라고 소리치고 싶었다.

갑자기 큰 소리가 났다.

"이 새끼, 저리 안 가. 우리 아들을 누가 건드려?"

상이군인 아저씨 목소리가 쩌렁쩌렁 울렸다.

우물거리는 진영이 소리가 들렸다.

"짱구야, 아부지 왔다. 아부지 아무 데도 안 간다."

아저씨 지팡이가 바닥에 떨어지는가 싶더니 곧이어 흥얼흥얼 노래 소리가 들렸다.

더 이상 진영이와 미남이 목소리가 들리지 않았다. 잠시 후, 아저 씨가 피우는 담배 냄새만 변소 안으로 들어왔다.

나는 천천히 문고리에서 손을 뗐다.

큰아버지는 알고 있을까? 당신 때문에 내가 변소에 숨어서라도 친 구를 피해야만 한다는 걸. 아니, 얼굴도 잊어버린 큰아버지가 살아 있기는 할까? 살아 있지도 않은 사람 때문에 우리 가족이 고통을 당 하고 있는 건지도 모른다.

내가 배 형사에게 끌려갔다가 돌아온 날 밤, 아버지가 이불 속에 서 내 손을 꼭 쥐고 한 말이 있었다.

"이 아버지는 못 배워서 잘 몰라. 그러나 큰아버지가 혼자서 잘 살 려고 그런 건 아닐 거다. 다 같이 잘 살려고 하다가 그리됐을 거야."

그런데 지금 내가 맞닥뜨린 세상은 좋은 구석이 하나도 없다. 휴 전이 된 지 7년이나 지났지만 우린 여전히 빨갱이로 몰려 시달리고 있었다. 휴전선은 점점 더 선명해지고 사람들은 전쟁도 통일도 바라지 않는 것 같았다.

변소에서 나왔다. 깜깜했다. 옆집에도, 담 너머 골목에도 불빛이 없었다. 전기가 나간 것 같았다. 아저씨가 잔뜩 웅크린 채 귀를 막고 부들부들 떨고 있었다.

사람들이 우르르 대문 안으로 들어왔다. 가장 늦게 들어온 짱구 아줌마가 숨이 차서 헐떡거렸다.

"염병, 경찰이 총을 들었어."

아줌마는 시위대를 따라 시장까지 갔다가 경찰들이 총을 쏘는 걸 보고 도망을 쳤다고 했다. 그러고 보니 멀리서 들려오는 소리가 있었다. 전쟁을 겪은 우리는 총소리를 단번에 알아들었다.

엄마가 우리를 방으로 몰았다. 짱구 아줌마는 떨고 있는 아저씨를 데리고 우리 방에 들어왔다. 깜깜했지만 아버지는 촛불을 켜지 못하게 했다.

"엄마, 주열이는?"

그제야 주열이가 없다는 걸 알았다.

아버지와 나는 골목 밖으로 나갔다. 사방이 까맸다. 길이 텅 비었다. 멀리서 번쩍이는 불빛과 함께 총소리가 들려왔다. 아버지와 나는 조금 더 시내로 걸어갔다. 뭔가를 터뜨리는 소리가 연달아 들리더니 매캐한 냄새가 바람을 타고 왔다. 눈이 따끔거리고 코가 매웠다. 아버지는 다급하게 나를 돌려 세웠다.

"미군에서 들여온 최루탄이라는 거야."

곧 기침이 나고 눈물과 콧물이 줄줄 흘렀다. 우리는 서로를 부여잡고 집으로 뛰어 들어왔다.

총소리가 그치고 자정이 가까워졌는데도 주열이가 돌아오지 않았다. 나는 어른들과 함께 주열이를 찾아 나섰다. 상이군인 아저씨는 무서워하면서도 아줌마를 따라 나왔다.

거리는 끔찍했다. 사람들이 쓰러져서 울부짖고 있었다. 횃불을 비추는 곳마다 피가 보였다. 파출소와 자유당 사무소가 부서졌고 건물이 불에 타서 연기가 피어올랐다. 어른들이 손수레를 가지고 다친 사람들을 실어 날랐다.

또래로 보이는 아이가 나무에 기대어 있었다. 내가 다가가자 아이가 피 묻은 손으로 내 옷을 잡았다. 주열이는 아니었다. 아이 다리에서 계속 피가 흘렀다. 나는 아이를 부축해서 손수레에 태웠다. 우리처럼 누군가를 찾으러 나온 사람들이 다친 사람들을 병원으로 옮겼다.

아버지는 병원과 경찰서와 시청을 돌아다녔다. 나와 엄마는 시위대가 잡혀 있는 곳에 갔다가 총을 든 경찰들이 가까이 오지 못하게 해서 되돌아왔다.

밤새 시내를 헤맸지만 허탕만 쳤다. 날이 밝아 오려고 했다. 손과 옷에 피가 말라붙었다. 코끝에 피 냄새가 가시지 않았다. 나는 마산의원 앞 불을 피워 놓은 곳에 쪼그려 앉았다. 부상자가 계속 실려 왔지만 의원에 자리가 없어 길바닥에 눕혀졌다. 그중 몇은 머리까지 거

적이 씌워져 있었다. 거기에도 주열이는 없었다.

춥고 졸리고 배가 고팠다. 그때 지프차 한 대가 의원 앞에 멈춰 섰다. 용태였다. 배 형사가 의원에서 나와 용태에게 발길질을 했다. 용태는 휘청거리다가도 발길질이 멈추면 곧바로 차렷 자세로 돌아갔다. 잠시 후 지프차는 배 형사를 태우고 부두 쪽으로 떠났다.

그날 아침에도, 그다음 날에도 우린 주열이를 찾지 못했고 주열이는 돌아오지 않았다. 쓰러진 사람들이 실려 간 자리마다 검붉은 핏자국이 남았다. 사람들은 일부러 그 자국을 지우지 않았다.

*

오늘도 이모가 가장 먼저 집을 나섰다. 나도 얼른 가방을 챙겼다. 이모는 큰길로 나서기 전 주열이 합격증을 꺼내 손으로 쓰다듬고 저고리 안에 넣어 꼭 눌렀다. 그러곤 내 등을 쓸었다.

"학교에서 친구들이 하는 이야기 잘 들어 봐. 분명 주열이를 본 학생이 있을 거야."

아침마다 이모가 하는 말이었다.

그날 이후 한순간도 괴롭지 않은 적이 없었지만 매일 아침 이모와 맞닥뜨릴 때가 가장 힘들었다. 주열이가 있었다면 지금쯤 둘이서 재미나게 학교에 다녔을 걸 생각하면 이모에게 더없이 미안했다.

주열이가 사라진 후 이모가 남원에서 왔다. 이모와 엄마는 마산

전체를 휘젓고 다녔다. 관공서에 가서 김주열을 찾아내라고 악을 쓰다가 쫓겨나고 병원에 가서는 주열이 시신을 내어놓으라고 떼를 썼다. 그러나 총에 맞아 죽은 사람 쪽에도, 잡혀간 사람 쪽에도, 도망친 사람 쪽에도 주열이가 없었다. 더 이상 갈 곳이 없는 이모는 시장과 거리에서 아무나 붙잡고 주열이 합격증을 내보였다.

"제 아들은 김주열인데 남원에서 왔어요. 이번에 마산상고 합격한 열일곱 살 학생이에요."

이제 마산에서 주열이를 모르는 사람이 없었다. 그러나 사람들은 시위를 하다 사라진 아들을 찾는 이모를 대놓고 돕지 못했다. 3월 15일, 마산에서 있었던 시위는 좌익 용공분자의 선동에 의한 폭동으로 신문에 보도되었다. 마산 사람들 중 신문 기사를 믿는 사람은 아무도 없었다. 경찰과 군인이 총으로 마산을 장악하고 있어서 모두가 숨죽이고 있지만 그날 마산 상황을 본 사람이라면 무엇이 잘못되었는지 알고 있었다.

"오늘은 시청 뒤 연못을 파 볼 거야. 주열이가 찬물에 감기 들면 안 되는데."

이모는 콧물을 훔치며 시내로 걸어갔다. 이모가 아무렇지도 않게 저런 말을 할 때면 제정신이 아닌 것 같기도 했다.

나는 이모와 엄마 뒷모습을 지켜보다가 길바닥에 가방을 팽개쳤다.

"야, 김주열 어디 있냐? 어디 있어? 대답 좀 해라."

이까짓 학교, 당장 때려치우고 싶다. 교실에선 매일같이 이승만 대통령 찬양과 반공 교육을 했고, 학교 밖에선 학생들이 셋만 모여 있어도 경찰이 총을 들이대고 흩어지라고 위협했다.

그날 주열이는 시위대를 따라나선 게 분명했다. 그때 나는 병신같이 변소 문고리를 잡고 있었다. 비겁한 내가 미치도록 싫었다.

나는 진영이를 찾아갔다. 여러 명이 죽고 많은 사람이 다치고 수백 명이 잡혀갔지만 시위에 앞장섰던 진영이는 다행히 멀쩡했다. 혹시나 하고 기대를 걸었지만 진영이는 주열이를 모르고 있었다. 오히려 행방불명된 마산상고 입학생 김주열이 내 사촌인 걸 알고 흥분해서 나를 치켜세웠다.

"역시, 넌 거리에 있었구나."

나는 아무 말도 하지 못했다. 다시는 진영이를 보고 싶지 않았다.

이모와 엄마는 진흙에 뒹굴다 온 꼴이 되어 집으로 돌아왔다. 물을 뺀 연못에 들어가 손가락에 피가 나도록 흙을 팠지만 주열이의 흔적조차 찾지 못했다고 했다.

그날 사라진 사람이 또 한 명 있었다. 이상하게도 아무도 그 사람을 찾지 않았다. 그는 옆집 용태였다. 나는 배 형사에게 당하던, 그래서 나만큼이나 약해 보이던 용태 뒷모습이 자꾸만 생각났다.

오락가락하던 휴교령이 완전히 풀렸다. 아무 일도 없었던 것처럼 교실 분위기가 평온했다. 나는 턱을 괴었다. 꽃이 떨어지고 잎이 돋아나는 벚나무를 보며 이모 생각을 했다. 이모는 오늘 주열이가 남겨 놓은 합격증만 가지고 남원으로 돌아갔다.

조용하던 운동장이 갑자기 수런거렸다. 누군가 운동장을 뛰어오며 손나팔을 만들어 무어라 외치고 있었다. 사람도 소리도 점점 가까워졌다.

"김주열 찾았다. 김주열이 떠올랐다."

나도 모르게 벌떡 일어났다.

"김·주·열·을·발·견·했·다."

아이들이 우르르 창문에 붙었다. 몇 명은 창틀과 책상에 올라섰다.

"이 새끼들, 자리에 앉아! 수업 시간이야."

선생님이 소리를 질렀다.

한 명이 창문을 넘어 운동장으로 뛰어갔다. 나는 입술이 덜덜 떨렸다. 배 형사에게 멱살을 잡혀 지프차를 탔을 때처럼 온몸이 푸들푸들 떨렸다.

창문으로 나갔던 아이가 돌아와 소리쳤다.

"중앙부두 앞바다에서 김주열이 발견됐대. 김주열 얼굴에 최루탄이 박혀 있대."

"가자! 와아!"

아이들이 창문을 뛰어넘었다. 누군가 교탁을 힘껏 밀어붙이고 앞문을 열었다. 복도엔 이미 다른 반 아이들로 시끄러웠다.

주열이가 돌아왔다. 그렇게 좋아하던 바다에서 돌아왔다. 나는 막고 있던 갑갑한 책상을 넘어뜨리고 운동장으로 내달았다.

1960년 4·19 혁명은 학생들이 중심이 되어 일어난 민주주의 혁명이다. 4·19 혁명이 있기 전부터 학생들은 전국에서 부정 선거를 규탄하는 시위를 벌여 왔다. 어른의 주도나 강요가 아닌 학생들 스스로가 교복을 입고 거리로 나섰다.

2월, 대구 고등학생들이 일요일에 등교를 강요하는 국가에게 '학생을 정치에 이용하지 말라'는 첫 시위를 벌였다. 이어서 서울, 수원, 대전, 부산 등에서도 학생 시위가 일어났다. 그 연장선으로 마산에서, 3월 15일 선거 당일 행해진 자유당의 부당한 선거 진행 방식과 투표 용지 조작 등에 항의하여 시민들이 거리로 쏟아져 나왔다.

그러나 국민들은 부정 선거를 통해 자유당 후보인 이기붕이 부통령에 당선되었다는 결과가 나온 후에도 한목소리를 내지 못하고 있었다. 억눌리고 산발적이던 국민 의지를 폭발시킨 것이 바로 김주열의 참혹한 시신이었다.

김주열은 이모할머니 댁에서 형과 함께 저녁을 먹다가 시위에 참가했다. 그 후 실종된 지 27일 만에 마산 앞바다에서 낚싯배에 의해 발견되었다.

'Don't use on the crowd.' 김주열 얼굴엔 군중을 향해 사용하지 말라는 경고문이 쓰인 최루탄이 박혀 있었다. 그는 정권이 국민에게 행한 부정과 불법이 무엇인지를 보여 주는 확실한 증거를 가지고 바다로 돌아왔다.

그 후 전국적으로 독재 정권 타도를 외치는 4·19 혁명이 일어났고, 수많은 희생이 있었지만 기어이 대통령 하야라는 성과를 이뤄 냈다.

4·19 혁명 전후, 1960년대 청소년들은 지금과는 너무나 다른 상황에 놓여 있었다. 전쟁으로 인한 가정 해체, 반공주의와 독재 정권 찬양 강요, 가난과 차별로 교육의 기회를 갖지 못하고 어린 나이에 노동 현장에 나와야 하는 등, 권리를 누리지 못한 채 성인의 의무를 짊어져야만 했다. 이에 더해 투표권이 없으면서도 앞장서서 독재 정권에 항거하다가 다치고, 잡혀가고, 고문을 당하고, 죽었다.

그로부터 반세기가 훌쩍 지난 2017년, 또다시 청소년들이 광장에 섰다. 집과 학교와 학원만 오간다는 그들이 정의에 대해 말하고 있다. 자신들은 문제집만 보는 것이 아니라고, 김주열이 했던 것처럼 세상을 보고 듣고 느끼며 평가하고 있다고 말하고 싶은 것이다.

4·19 혁명을 시작으로 대한민국 민주주의는 오랜 시간 동안 전진과 후퇴를 반복하며 조금씩 나아가고 있다. 광장에 선 청소년들은 자신도 모르는 사이에 김주열이 아프게 남기고 간 민주화를 향한 발걸음을 잇고 있는 것이다.

어쩌면, 역사가 될 오늘이 청소년들에게 말하고 있는지도 모른다. 아직이라고, 정의를 향해 앞으로 더 나아가라고.

우리는 기계가 아니다

윤혜숙

재봉틀 소리와 시다들의 고함 소리로 공장 안은 장터만큼이나 시끄럽다. 내일 새벽 시장에 내놓을 점퍼의 마무리 작업 때문에 다들 눈 깜박할 틈도 없이 분주했다. 재단 칼을 쥔 민구 형의 손에 잔뜩 힘이 들어갔다. 초크 선을 따라가는 민구 형의 칼질을 보면 손가락에 눈이라도 달린 것 같다. 통일상가에서 손꼽히는 재단사였다더니 헛말이 아닌 모양이었다.

'와! 나는 언제쯤 저렇게 할 수 있을까?'

부리나케 다락에서 내려온 옥자가 기레빠시(재단하고 남은 원단 조각)를 맹렬하게 주웠다. 일 끝나고 미싱 청소할 때 필요하기 때문이었다. 그때 굵은 대자를 손바닥에 딱딱 내리치며 사장이 공장 안으로 들어섰다. 오 형사한테서 커피라도 한 잔 얻어 마셨는지 싱글벙

115

글이다.

"종식아, 밥 묵었나?"

또 뭔 일이람? 필요할 때만 친한 척하기는.

"보리밥을 먹었는지 먼지 덩이를 먹었는지 모르겠어요."

입술이 절로 씰룩거렸다. 딱딱한 보리밥에 목이 메어 거푸 물을 마셨더니 아까부터 속이 부글부글 끓었다.

"팔촌이라면서 맛있는 것 좀 사 주고 그러시지 야박하긴."

"친척 아니라니까 왜 자꾸 그래요."

같은 말도 속을 긁어 대는 통에 신경이 곤두섰다. 평화시장에 온 지 얼마 안 돼서 그런가, 내가 사장 친척붙이라는 소문을 진짜로 믿나 싶었다.

웡웡~ 공장 안을 가득 메운 소음 사이로 짜증 섞인 사장 목소리가 들렸다.

"가시나야, 그러다 손가락 빙신 되면 시집도 못 간다."

가을에 시다에서 미싱사로 승진한 미순 누나가 또 깜박 졸았나 보다. 내리 사흘째 야근했으니 몸이 무쇠라도 버텨 내지 못했을 거다. 그래도 무슨 트집거리라도 잡아 월급을 깎으려 드는 사장한테 빌미가 될까 봐 께름칙했다.

"졸은 거 아니에요. 형광등 불빛에 눈이 침침해서 그래요."

국민학교만 졸업하고 바로 미싱 일을 시작한 미순 누나는 번 돈을 모두 시골집에 보냈다. 그날 작업한 수량만큼 급여를 받는 터라

명절에도 일만 했던 미순 누나는 미싱사 되고 처음 맞은 추석에 고향을 다녀왔다. 식구들에게 '왜 그렇게 말랐냐?'는 걱정을 들었다며 미순 누나는 햇빛이라도 실컷 쬐어 봤으면 원이 없겠다며 한숨을 쉬었다.

아래층에서 연신 콜록거리는 기침 소리가 올라왔다. 산소보다 먼지가 더 많은 공장이었다. 원단에서 나오는 먼지와 옷에서 뜯어낸 실밥이 뒤엉켜 가득이나 좁은 바닥은 발디딜 틈 없이 사방이 먼지 구덩이다. 두꺼운 겨울옷을 만드는 요즘 같은 때는 한 움큼 되는 먼지 뭉치를 걷어 내야 밥을 먹을 수 있을 정도였다. 이러다 보니 매캐한 연기를 마신 것처럼 늘 목구멍은 칼칼했고, 걸핏하면 목이 잠겼다. 눈이 부실 정도로 밝은 형광등 때문에 그나마 뿌연 먼지기둥이 보이지 않은 게 다행이라면 다행이었다.

"얘는 그새 어디로 간 거야? 재단 보조, 2번 시다 불러서 이거 시아게(끝손질)한테 가져다주라고 해."

재단 보조는 내 이름이고 2번 시다는 옥자 이름이다. 미순 누나의 호통에 퍼뜩 정신이 들었다. 미순 누나의 다음 말은 들어 보나 마나다. 바빠 죽겠는데 빤질거린다며 잔소리를 늘어놓을 거다. 엉거주춤 일어나다 천장에 머리를 찧었다. 좁은 공장을 넓게 쓰려고 사장들은 한 층을 나눠 2층에 다락방을 냈다. 평화시장 안 7백 개가 넘는 작업장이 다 이 모양이었다. 두 평의 작업장에서 열세 명이 일하는 창별사에 비하면 이곳은 운동장이다. 옆 동화상가와 통일상가의 공장들이라고 여기보다 더 나을 것도 없었다.

"옥자 좀 어디 있나 찾아봐. 아침부터 기침이 심하던데 각혈은 안했나 모르겠네."

아까와 달리 미순 누나의 목소리가 많이 누그러졌다. 진짜 그렇다면 월급도 못 받고 재수 없다며 내쫓길 게 뻔했다.

"보조, 빨랑빨랑 못 움지여? 몸이 그렇게 재바르지 못하면 이런 데서 못 버텨."

민구 형이 그사이를 못 참고 돼지 멱따는 소리를 했다. 아침에 들어온 원단이 주문대로 재질과 수량이 맞는지 확인하라는 것일 게다.

"알았다니까요."

원단 두께를 보고 대충 눈대중으로 세어 본 후 밖으로 나갔다. 3층으로 올라가는 계단에 쪼그려 앉은 옥자가 보였다. 미싱 시다인 옥자는 서울에 식모살이 왔다가 동화상가에서 일하는 친구 따라 여기까지 들어온 아이였다. 주인아저씨의 집적거림도 싫고, 어린 것이 되바라지게 사내한테 꼬리 쳤다며 옥자를 몰아세우던 주인아주머니는 더 싫었다고 했다. 몸은 힘들어도 어리고 가난하다는 이유로 무시당하지 않는 여기가 좋다며 옥자는 헤죽댔다.

"보조 오빠야, 예서 미싱사 되려면 미싱 바늘에 손가락을 세 번 이상 찔려야 한다 카더라. 난 벌써 세 번 찔렸으니까 곧 미싱사 되겠제?"

미순 누나가 약속한 급여에 웃돈을 얹어 주기로 했다며 옥자는 잠

안 오는 주사까지 맞아 가며 억척을 떨었다. 모두 고향에 한 푼이라도 더 부치기 위해서였다.

"병원에는 가 봤어?"

하나 마나 한 말이었다. 방세에다 버스비 빼고, 남은 돈을 고향에 부치고 나면 삼시 세끼 먹는 것도 버거운 처지에 병원이라니. 꼬박 열여섯 시간씩 일해도 하루에 고작 커피 한 잔 값인 급여를 받는 게 시다들의 처지였다.

"저번 건강 검진 때 아무 이상 없다 캤는데."

그 말도 끝내지 못하고 옥자가 밭은기침을 쏟아 냈다.

"순전히 눈속임으로 하는 건강 검진을 어떻게 믿어."

노동청에 올리기 위해 두세 명만 뽑아 평화시장 주식회사가 선정한 병원에서 키나 몸무게 재는 간단한 검사로 모두 한 것처럼 꾸미고, 필름 없이 엑스선을 촬영하는 엉터리 건강 검진이었다.

"사장님한테는 아무 말 안 할 거제? 여서 쫓겨나면 큰일잉게. 오빠야 공부도 그렇고……. 온 식구가 나만 쳐다보고 있는디."

옥자 눈에 눈물이 그렁그렁 차올랐다. 내가 사장 친척붙이가 아니라는 걸 번연히 알면서도 껄끄럽게 대하는 공장 식구들과 달리, 옥자는 내 눈이 친오빠 닮았다며 나긋하게 굴었다. 올해 열네 살인 옥자는 여동생 순애랑 동갑내기다. 한창 애교 떨고, 멋 부리는 데 열 올릴 나이에 다리도 못 펴고 쪼그려 일하는 옥자를 보면 고향집 순애가 떠올랐다.

"누나한테 잘 말해 줄 테니까 이따 들어와. 사장님 눈에 띄지 않게 조심하고."

그런 말밖에 해 줄 게 없었다. 고개를 끄덕이며 옥자는 땟국물이 줄줄 흐르는 손수건으로 눈가를 훔쳤다.

"저러다 병만 얻고 쫓겨날 거야. 우리 같은 여공들이야 다들 파리 목숨이니까."

말은 하지 않았지만 옥자는 다음 달, 어쩌면 더 빨리 청계천에서 못 볼지도 모른다. 태일 형이라면 벌써 병원으로 데려가거나 약방으로 달려갔겠지?

내가 태일 형을 알게 된 건 우리 공장에 재단사로 들어오면서였다. 지난 9월이었다. 일 년 만에 평화시장에 나타난 태일 형에게는 큰집 (감옥)에 다녀왔다는 둥, 노동 운동 하는 빨갱이라는 둥 소문이 무성했다. 처음엔 나도 태일 형의 별스런 행동이 마음에 들지 않았다. 재단사면 재단사 일만 하면 되지 사람들을 모아 친목회를 만들고 설문 조사를 하지 않나, 시청 근로 감독부와 노동청에 진정서를 내겠다며 뛰어다니질 않나, 그것도 모자라 공장 안에서도 시다들이 할 청소를 도맡아 했다. 얼마 되지 않아 태일 형이 경찰과 노동청에 찍힌 요주의 인물이라는 걸 안 사장은 땅을 치며 분해 했다. 형 덕분에 오 형사와 안면 트고 차를 마실 정도로 친해진 건 생각 안 하는 모양이었다.

"수상한 거 있으면 바로 알려야 한다. 아무 경력 없는 널 받아 준

은혜를 생각해서라도 말이다. 말썽 부릴 건 빨리 잘라 내는 게 수야."

사장 말이 떠올라 입안에 쓴침이 고였다.

"선생님이 꿈이라며? 대학생 친구 있었으면 했는데, 너 꼭 대학 가서 나랑 친구 하자."

농담을 진담처럼 말하는 태일 형의 천연덕스러움에 괜스레 뱅이 꼬였다.

"누가 그래요?"

내 말투가 고울 리 없었다. 누구나 남의 잘린 손가락보다 내 손톱 밑 가시가 더 아픈 법이다. 아버지가 탄차에 치여 다리를 잘리기 전만 해도 나에겐 꿈이 있었다. 고향을 등지고 인생 막장이라는 탄광까지 내몰렸다가 이젠 평생 불구로 살아야 하는 아버지, 아버지 대신 선탄부로 가족 생계를 책임져야 하는 어머니, 어린 동생들……. 막장에서 캐낸 석탄 중에서 폐석과 잡목을 골라내는 선탄부 일이 허약한 어머니한테는 힘에 부쳤다. 갑반(아침에 출근하면 저녁에 퇴근하는 근무조)에 걸릴 때는 도시락 싸고 아침밥에다 아버지 끼니까지 챙기고 나가려면 새벽 네 시에 일어나 종종걸음 치는 어머니의 고단함을 알면서도 나는 꾸역꾸역 학교에 나갔다. 어떻게든 공부만은 포기하지 않으려고 발버둥 쳤지만 오래 버티지 못했다.

"종식아, 공부는 언제든 다시 할 수 있어. 네가 꿈을 버리지 않는다면……. 하늘은 스스로 돕는 자를 돕는다고 하잖니?"

담임 선생님 말 때문이 아니었다. 몇 달째 육성회비가 밀리고, 밤새 끙끙 앓는 어머니와 어린 동생들을 생각하면 아침마다 책가방 들고 나오는 게 죄스러웠다. 고등학교에 입학하고 석 달 뒤 어머니가 다니는 덕대(하청 탄광) 사장 소개로 서울에 올라왔다. 취직하자마자 공장 안에는 내가 사장의 먼 조카뻘이고 공장 사람들을 감시하는 프락치리는 억울한 소문이 돌았다. 태일 형도 나를 그렇게 보는 걸까?

태일 형이 손을 멈추고 속삭이듯 말했다.

"근로 기준법이라고 들어 봤어?"

헌법, 민사 소송법 이런 건 학교에서 배웠지만 근로 기준법은 처음 들었다. 내가 뜨악한 얼굴로 쳐다보자 태일 형은 여기에서 일하는 사람이면 누구나 알고 있어야 하고, 알아야 정당하게 요구할 수 있는 거라며 얼굴이 벌개졌다. 우리처럼 가난하고 힘없는 노동자들을 도와주고 지금의 부당한 현실을 바로잡을 수 있는 건 근로 기준법밖에 없다며 핏대를 세웠다.

"근로 기준법에는 하루에 여덟 시간, 일주일에 사십팔 시간만 일하라고 되어 있어. 또 일요일에는 무조건 쉬어야 하고, 여자와 열여덟 살 안 되는 어린 노동자에게는 야간 작업을 시킬 수도 없어. 그리고 일 년에 두 번 건강 검진을 받을 권리가 있다고……."

그런 법이 있다는 게 놀라웠다. 우리 처지에 그건 꿈같은 이야기였다.

"말도 안 돼요. 그런 법이 버젓이 있는데 왜 사장님들은 안 지키는데요? 그런 지키지도 않을 법을 누가 만든 거냐고요."

억울하기도 하고 믿기지도 않아 심사가 있는 대로 꼬였다. 평화시장 사람들은 하루에 15, 16시간씩 일하는 건 당연하고, 한 달에 고작 두 번 쉬고 야간작업을 밥 먹듯 했다. 옥자처럼 여기 온 지 3년이 다 되도록 나는 병원 근처에 가 보지도 못했다. 내가 믿기지 않는다는 듯 멍한 얼굴을 하자 태일 형은 내 속을 들여다보기라도 한 듯 씁쓸하게 웃었다.

"글쎄 말이다. 저 위 높은 사람들이 우리보다 사장 편을 드니까 그렇겠지."

다시 재단 칼을 잡으며 형은 노동자가 인간답게 살게 해 주는 그 법을 위해 다시 청계천으로 돌아왔고, 죽을 때까지 싸울 거라고 했다. 금방이라도 불을 쏟아 낼 것 같은 섬뜩한 눈빛이었다. 내가 일한 만큼 정당하게 월급 받고 국경일과 일요일에는 쉬고 환풍기 있는 작업장에서 일하며, 일 년에 두 번은 건강 검진을 보장해 주는 그런 회사에서 일한다면 얼마나 좋을까?

태일 형을 못 본 지 한 달이 다 되었다. 매일 공장에 갇혀 머슴처럼 일하는 처지니 볼 기회가 없다는 게 더 맞는 말이지만.

옥자를 달래고 공장 안으로 들어서기 무섭게 민구 형의 날 선 말이 날아들었다.

"야, 어디 있다가 지금 와."

10분도 안 걸렸는데……. 불뚝성이 났다. 태일 형이라면 나간 김에 숨 좀 돌리고 오지 그랬냐고 했을 거다.

"아침에 먹은 나물이 상했는지 속이 안 좋아서요."

나는 재단판 위에 수북하게 잘라 놓은 옷감을 끌어안으며 웅얼거렸다. 민구 형은 뭐라고 닦아세울 기세더니 이내 초크로 새 원단에 본을 그려 나갔다.

"사장님이 다방으로 오란다."

제때 작업 끝내라고 닦달만 했지 고양이 손이라도 빌릴 상황에 나를 불러낸 사장에게 화가 난 모양이었다.

퍼뜩 지난번 부탁 때문일지도 모른다는 생각이 들었다. 열흘 전에 받은 순애 편지에 아버지의 잘린 다리가 썩어 가고 있어 원주 큰 병원에 가야 하는데 돈을 마련해 볼 수 없겠냐는 내용이 쓰여 있었다.

"그런 큰돈이 어디 있냐? 미싱 한 대 더 들이려고 해도 자금이 한참 부족해서……."

내가 가불을 부탁하자 사장은 앓는 소리부터 했다. 그러더니 진즉에 보상금 협상을 잘했어야지 하며 혀를 찼다. 어쩌면 그사이 마음이 바뀐 건 아닐까 싶어 마음이 달떴다.

*

10월 7일, 그날은 경향신문에 평화시장 기사가 실린 날이었다. 태일 형과 삼동친목회 소속 재단사들이 돌린 설문지에 나도 참여했다. 나중에 그 사실을 알고 사장이 불같이 화를 냈다.

"네가 정신이 있는 거야, 없는 거야?"

"그래야 태일 형도 날 의심하지 않을 거잖아요?"

태일 형의 일거수일투족을 보고하려면 최대한 표 나지 않게 굴어야 하는 거 아니냐고 따지려다 당장 믿을 데라고는 사장밖에 없는 처지라 입술을 깨물었다.

동대문 원단 가게에서 돌아오던 나는 '평화시장 기사 특보'라고 쓴 어깨띠를 두른 태일 형을 보았다. 형은 품에 신문 뭉치를 안고 있었다.

"종식아, 여기 신문 좀 봐라. 우리가 드디어 해냈어."

신문을 들이미는 형의 목소리는 흥분과 감동으로 심하게 떨렸다. 점심시간에 잠깐 나갔다 오겠다더니 이 일 때문인가 싶었다. 무슨 신문이냐는 내 말에 형은 시계를 담보로 맡기고 3백 부를 사 왔다고 했다.

'골방서 하루 16시간 노동'이라는 제목 아래 '소녀 등 2만여 명 혹사' '거의 직업병 앓아…… 노동청 뒤늦게 고발키로' '근로 조건 영점…… 평화시장 피복 공장'이라는 부제를 단 기사가 사회면을 가득 채우고 있었다. 조회 시간에 불려 나가 큰 상을 받았을 때처럼 나도 모르게 눈물이 핑 돌았다.

"언니, 우리 얘기가 신문에 실렸대."

"이게 다 전태일과 삼동친목회 덕분이지, 안 그래요?"

사람들이 하나둘 몰려들어 국민은행 앞 거리는 이내 사람들 환호로 들끓었다. 삼동친목회는 태일 형이 평화시장에 돌아오자마자 옛날 바보회 회원들을 다시 모아 만든 모임이었다. 삼동은 평화시장, 동화상가, 통일상가 이렇게 세 동의 건물을 뜻하는 말이었다. 바보회 때처럼 형은 위험인물, 불순분자로 낙인이 찍혀 행동이 자유롭지 못했다. 언제나 따라붙는 감시의 눈길 속에서 이런 큰일을 해내다니, 가슴이 뻐근했다.

"나도 신문 한 부 주시오."

그렇게 소리친 건 평화시장에서 잔뼈가 굵었다는 옆 공장 재단사였다. 신문을 받아 든 그는 '자네가 해낼 줄 알았네.'라며 호주머니를 뒤졌다. 그가 내민 돈뭉치를 보고 형의 눈이 휘둥그레졌다. 신문한 부 가격이 20원인데 그가 내민 돈은 천 원이라는 거금이었다. 잠시 후 환호성에 놀라 경비원들이 달려나왔지만 사람들은 움쩍도 하지 않았다. 평화시장 노동자들에게 쏟아지는 세상 사람들의 무관심은 아침에 해가 뜨는 것처럼 당연한 일이고, 좋은 것은 돈 많고 높은 사람들 것이라 생각했는데, 길가의 버러지만도 못한 삶을 살던 우리 이야기가 신문에 실렸다는 것 자체가 기적이었다. 며칠 동안 사람들은 모였다 하면 그 얘기로 웅성댔다.

"넌 전태일이라는 재단사랑 같이 일했다며?"

태일 형과 삼동친목회 이야기가 나올 때마다 덩달아 나도 사람들의 관심을 받았다.

"겨우 보름밖에 안 되는데요, 뭐."

그렇게 말하면서 가슴 한쪽이 뜨끔했다. 태일 형이 잘린 건 순전히
내 탓인 것만 같아서였다.

얼마 전이었다. 출근했더니 태일 형이 보이지 않았다. 항상 먼저
와서 공장 안을 물걸레로 밀고 원단을 말끔하게 정리해 두던 형이었
다. 출근 시간 가까워서야 형이 파리한 얼굴로 들어왔다. 헐레벌떡
뛰어왔는지 숨도 거칠었다.

"어디 아파요? 얼굴이 안 좋은데."

"괜찮아. 통금에 걸려 파출소에서 밤 새고 죽어라 뛰어왔는데도
지금이네. 미안해."

태일 형에게 계단 위를 가리키며 눈짓까지 보냈지만 못 본 모양이
었다.

"일 끝나면 제꺼덕 집에 들어갈 것이지 맨날 모여서 무슨 작당을
벌이는지. 어디 나 혼자만 잘살자고 이런 거냐? 나라가 부자라야 너
희도 기 펴고 사는 거지. 어디서 굴러먹다 들어온 미꾸라지 한 마리
가…… 분탕질이니 원."

그날따라 일찍 나온 사장은 도끼눈을 하고 목소리를 높였다. 국
정감사가 코앞이라 사장도 뭔 말을 들은 게 분명했다. 설문 조사다
진정서다 하며 쫓아다니는 태일 형 때문에 사장은 자기까지 미움받
는다고 여겼다. 다른 날 같으면 미안하다며, 한 번 봐 달라고 너스레

를 떨었을 형인데 그날은 아무 말 않고 2층으로 올라갔다.

"오늘도 야근이니까 다들 그리 알고. 종식아, 나 점심 먹고 들어올 테니까 애들 단도리 잘하고."

사장 없을 땐 공장 안 사람들을 다잡는 건 재단사 일이었다. 내가 예뻐서가 아니라 태일 형을 재단사로 취급하지 않겠다는 의중을 드러낸 말이었다.

바쁜 하루가 시작되었다. 미싱 시다들의 수첩에다 일감 장수와 품목을 적어 확인해 주고, 단추와 지퍼 같은 것을 챙겨 주느라 오전이 어떻게 지나갔는지 몰랐다. 점심부터 형이 이상했다. 어지럼증 때문인지 재단판에 손을 얹고 밭은 숨을 내쉬었다. 간신히 재단 칼을 잡는가 싶더니 풀썩 손이 아래로 떨어졌다. 저러다 원단이 찢어지거나 흠집이 날 수도 있었다. 사장이 알았다가는 불호령으로 끝나지 않을 텐데……. 가뜩이나 미운 털 박힌 태일 형이었다.

"많이 아픈 거 아니에요?"

형의 이마 위에 식은땀이 송골송골 맺혀 있었다. 벌건 얼굴과 거친 숨소리가 금방이라도 쓰러질 것처럼 힘들어 보였다.

"종식아, 아무래도 일을 못 할 것 같아 조퇴해야겠어."

"사장님한테 잘 말할게요. 바쁜 일은 얼추 끝났으니까 나머지는 제가 알아서 하면 돼요."

태일 형의 빈자리를 메우려고 밥도 대충 때웠다. 그러느라 형 일은 까맣게 잊고 있었다. 열 시쯤 돌아온 사장이 형을 찾았다. 아차 싶어 더듬거리며 형 사정을 얘기했다.

다음 날, 사장이 형과 나를 같이 불렀다. 사장의 유들대는 얼굴을 보니 마음이 조마조마했다.

"니가 날 우습게 아는 거지? 어떻게 말도 없이 조퇴를 해? 네 맘대로 나왔다 말았다 할 거면 당장 때려치워."

어제 늦게 들어온 자기 얘기는 쏙 뺐다. 어제저녁에는 아프면 쉬어야지 별수 있냐고 좋게 말하더니. 벼르던 꼬투리를 잡은 듯 사장은 기고만장했다. 태일 형을 편들어야 했지만 마음과 달리 입이 떨어지지 않았다. 내가 말을 보탠다고 사장이 마음을 바꿀 리 없고, 무엇보다 지금은 사장의 비위를 맞춰야 했다. 그날 형은 취직한 지 보름 만에 임금도 못 받고 쫓겨났다. 열흘 후 형과 삼동친목회 친구들이 공장에 몰려와 밀린 임금 오천 원을 받아 갔다.

"대단한 사람들이야. 소문 퍼지면 이 동네에서는 다시 일할 수 없을 텐데. 나 같으면 억울해도 그냥 참았을 거야."

민구 형이 태일 형을 좋게 말한 건 그때가 처음이었다.

*

사장이 찾아오라는 다방은 통일상가 1층에 있었다. 평화시장과 떨어진 곳이라야 사람들 눈에 더 띌 거라는 빤한 계산속이었다. 겨울도 멀었는데 잠바 속을 파고드는 바람이 서늘했다.

의자 끄트머리에 간신히 엉덩이를 걸친 사장이 오 형사와 무슨 이야기를 하다가 다방 안으로 들어서는 나를 보고 흠칫했다. 사장의 다급한 손짓에 오 형사는 쫓기듯 누런 봉투를 구겨 넣었다. 퉁퉁한 몸피와는 달리 뾰족한 턱과 연신 눈알을 돌리는 오 형사는 좀체 마음에 들지 않았다. 그는 한 달 전 경향신문 기사 때문에 평화시장에 파견 나온 정보계 형사였다. 태일 형과 삼동친목회 주변을 맴돌면서 밥도 사 주고 어려운 일이 있으면 도와주겠다며 접근해서 필요한 정보를 얻어 간다고 했다.

"종식이라고 그랬던가? 재단 보조가 몇 년째라고?"

바짝 언 나는 탁자 위 얼룩만을 뚫어져라 내려다보았다.

"올해로 삼 년 차 들어가지, 아마?"

"여기 사장님이 눈치 빠르고 일 잘한다고 네 칭찬이 대단하더라."

사장 말은 듣지도 않고 오 형사는 입에 발린 말로 나를 띄웠다. 어른들이 거절하지 못할 말을 꺼낼 때 저런다는 걸 알기에 영 거북했다.

"김 사장, 이제 그만하면 재단사로 충분하지 않나?"

"무슨 말씀을요. 재단사는 오 년 이상 경력은 돼야 하고…… 아직 그만한 실력도 못 돼요. 다른 부탁이라면 또 모를까 그건 좀……."

사장이 눈을 희번덕거리며 입맛을 다셨다.

"그래요? 그럼 월급 좀 올려 주는 건? 한 이만 원쯤 줘야 하지 않나? 김 사장 얼굴이 왜 그래요? 영 떨떠름한 모양이군. 안 그래도 노동청에서 한번 들어오라고 하던데……."

"아, 알았다고요. 하여튼 사람 기겁하게 만드는 데는 아주 타고 났다니깐."

사장이 입을 비죽이자 오 형사가 막냇동생 같아서 무슨 일이든 도와주고 싶다며 달콤한 말을 거푸 해 댔다. 서울살이 하면서 그런 사탕발림이라면 숱하게 들어 왔고 자기가 한 말도 속옷 뒤집듯 하는 어른들도 많이 봤다.

불편한 사장 얼굴 때문인지 오 형사가 얼른 말꼬리를 돌렸다.

"아버지가 많이 다치셨는데 보상금도 못 받았다며?"

아버지라는 말에 울음덩어리가 가슴에 턱 걸렸다.

"알고 보니 황지 경찰서장이 우리 경찰서장이랑 동기라네. 여기 김 사장한테 네 사정 듣고 서장님께 말씀드렸더니 너를 도와주고 싶으시다고……."

"이렇게 고마울 데가. 종식아, 얼른 고맙다고 인사드려라. 나 같으면 벌써 무릎이라도 꿇었을 거다."

돈을 빌려주지 않아도 될 핑계가 생겨서인지, 월급 이야기가 흐지부지된 게 흡족했는지, 사장 입이 귀밑까지 찢어졌다.

"거기가 정식 인가 받은 광산도 아니고 덕대라면서? 당연히 산재(산업 재해 보험) 대상도 아니고, 말을 들어 보니 사장 놈이 천하의 날강도라더만. 서장님이 이번 기회에 보상금도 제대로 받아 주고 네 어머니도 큰 동원탄좌로 옮기시도록 해 보겠다고……."

제 공인 양 거들먹대는 오 형사 말이 든든한 동아줄 같았다. 그렇게만 된다면 나는 집안 걱정, 동생들 걱정에서 벗어나 검정고시 준비를 할 수 있을지도 몰랐다. 당장 오 형사의 바짓가랑이라도 잡고 싶은 심정이었다. 새옹지마라더니, 순애 편지 덕에 일이 술술 풀리는 기분이었다. 그다음부터는 오 형사 말에 무조건 고개를 끄덕였다.

태일 형이 그만두고 이틀도 안 돼 민구 형이 새 재단사로 들어왔다. 재단밥만 십 년째라는 민구 형은 숨 쉴 틈 없이 일을 시켰다. 삼동친목회와 태일 형의 동태를 살펴보라는 오 형사와의 약속을 지키는 게 만만치 않았다. 가끔 눈치껏 사장이 다방으로 불러내긴 했지만.

민구 형 대신 작업이 끝난 옷을 챙겨 가게에 다녀온 후에야 간신히 한숨 돌릴 여유가 생겼다. 씹는 둥 마는 둥 점심을 먹고 옥상으로 올라갔다. 건물 안에서 유일하게 사장들이 오지 않는 곳이었다. 태일 형과 삼동친목회 회원 몇이 모여 있는 게 보였다. 점심시간도 끝나 옥상에는 아무도 없었다. 나는 얼른 시멘트 기둥 뒤에 몸을 숨겼다.

"근로 감독관이 뭐래?"

"처음부터 무리한 요구였대. 환풍기 다는 게 뭐 어려운 일이라고."

기어 들어가는 태일 형의 목소리에 분노가 느껴졌다. 기사가 난 후 힘을 받은 태일 형은 근로 감독관을 찾아가 작업 환경 개선을 요구하는 진정서를 냈다. 며칠 뒤 근로 감독관이 공장에 찾아와 조사 어쩌고 하며 이것저것 물었다. 대자를 뒤로 숨긴 채 빤히 쳐다보는 사장 때문에 "환풍기가 있으면 좋기야 하지만……." 하고 말끝을 흐렸다. 감독관은 자랑스러운 이 나라의 산업 역군이며 집안을 일으킬 형이요, 누나라며 잔뜩 우리를 추켜세우더니, 사장에게 작업장 환경에 신경 좀 써 달라고 지나가듯 말했다. 언제까지 환풍기를 달라는 명령이 아니라 여유 되면 한번 생각해 보라는 거였다.

"그럴 줄 알았어. 우리가 너무 순진했던 거지, 뭐."

"형사까지 데리고 와서 밥 사 주고 너한테 표창장 주겠다고 그럴 때부터 알아봤어야 하는 건데."

"그게 노동청의 국정 감사를 피하기 위해서 그랬던 거였어."

재단사 형들 말에 태일 형이 굳게 쥔 주먹으로 벽을 쳤다.

"우리 일이랑 그거랑 무슨 상관인데?"

누군가 그렇게 물었다. 절로 귀가 쫑긋 섰다.

"내년 봄에 대통령 선거가 있잖아."

그 무렵 선거를 앞두고 박정희 대통령의 독재와 정치적 탄압에 대해 신민당 김대중 후보 쪽에서 비판의 목소리를 높였고, 그를 추종하는 시민들이 늘어나자 당황한 박정희 정권은 그 어느 때보다도 바짝 여론에 신경 썼다. 더구나 지난 기사처럼 노동자들의 비참한 현실이 계속 매스컴에 오르내린다면 선거에 불리하게 작용할 테니, 당연히 주무 부서인 노동청과 시청에 가해지는 압력 역시 만만치 않았다. 태일 형이 제출한 진정서가 다시 신문에 실릴 낌새를 챈 노동청 담당자들도 속이 타서 삼동친목회를 찾았다. 그들은 직장 없이 빈둥대는 떠돌이들의 요구를 누가 들어주겠냐며, 일단 취직만 하면 일주일 내로 개선시켜 주겠다며 형들을 달랬다. 부랴부랴 태일 형이 삼미사에 재단사가 아닌 재단 보조로 취직한 것도 그런 이유에서였다. 노동청이 약속만 지켜 준다면 재단사든 재단 보조든 따질 처지가 아니었다.

"이제 어떡하지?"

"데모하자. 노동청에서두 국회 앞에서 시위를 하든지 말든지 마음대로 하라고 했으니까."

"그게 마지막 방법이라면 당연히 해야지."

누군가의 말이 끝나고 잠시 무거운 침묵이 흘렀다.

"근로 기준법 화형식을 하자. 그런 있으나 마나 한 법, 이번에 아예 태워 버리자."

"화형식을 하자고?"

"응, 국정 감사가 끝났으니까 웬만한 방법으로는 안 돼. 기자들에게 미리 알려 주면 다시 기사도 나올 테고, 그럼 사장들도 더는 못 버티고 우리 요구를 들어줄 거야."

근로 기준법을 불태워 버리겠다니. 분명 오 형사가 군침을 흘릴 만한 이야기였다. 내가 지켜보는 걸 알기라도 한 듯 형들이 목소리를 낮췄다. 어떻게 데모를 준비할 것인지 의논하는 게 분명했다.

며칠 뒤, 오 형사가 나를 다방으로 불렀다. 서장과 얘기가 잘되었다며 금방 좋은 소식이 올 거라고 건들거렸다. 가슴을 누르던 돌덩이가 싹 없어지는 기분이었다.

"삼동친목회에서 무슨 데모를 할 거래요."

내 입에서 불쑥 그 말이 튀어나왔다. 태일 형이 주동자라는 말은 할 수 없었다.

"언제?"

"다음 주…… 금요일에요."

"김 사장한테 자네 월급 올려 주라고 할게. 내 말엔 꼼짝 못하는 거 너도 알지?"

족제비 같은 오 형사의 눈알이 번뜩댔다.

그날부터 매일매일 순애 편지를 기다렸다. 출근길에, 점심시간에, 퇴근하면서 경비실에 들러 편지가 왔는지 물었다. 더 싼 곳으로 방을 자꾸 옮기다 보니 순애는 집 대신 공장 주소로 편지를 보냈다. 경비실 아저씨는 그런 편지 있으면 순찰 돌 때 전해 주지 뭐 하러 갖고 있겠냐며 구시렁댔다. 이장 댁이나 엄마가 다니는 광업소 사무실로 전화해서 물어보고 싶었지만 그만한 돈도, 짬도 없었다. 좋은 일 있으면 먼저 편지하겠지 싶어 오늘내일 하며 버텼다. 어쩌다 거리에서 오 형사와 부딪치면 내가 먼저 피했다. 괜히 귀찮게 조르면 될 일도 안 될 것 같은 불안감에다 용기도 나지 않았다.

오 형사에게 뭔 말을 들었는지 사장은 요즘 들어 부쩍 들들 볶았다. 월급 올려 받으려면 돈값을 하라고 딱딱거리는 건 예사였다.

"사장이 왜 저러는 줄 알아? 재단사 월급 많이 나가니까 너 빨리 키워서 그 자리 채우려는 거야."

미순 누나 말을 들었는지 민구 형이 씩씩대며 초크를 산산조각 냈다. 재단의 시작은 본 그리기, 끝은 가위질이니 초크와 재단 칼을 신줏단지 모시듯 하라고 귀에 딱지가 앉게 말하던 형이었다.

"누가 보조고 누가 재단사인 줄 모르겠네. 빨리 뜨던지 해야지 원."

사장 앞에서는 입도 뻥긋 못하면서 대놓고 고깝다는 티를 냈다. 민구 형 눈치를 살피느라 몸보다 마음이 더 피곤한 하루였다.

열한 시가 다 돼서야 일이 끝났다. 버스 정류장으로 터덜터덜 걸었다. 통금에 걸려 곤혹을 치를지도 몰랐지만 당장은 몸이 천근만근이었다. 정류장에 도착했을 때 담벼락에 기대선 어두운 그림자가 보였다. 일주일 전 옥상에서 뒷모습만 본 후 처음 보는 태일 형이었다. 희미한 가로등 때문인지 형의 얼굴은 검은 덩이 같았다.

"형, 안 들어갔네요?"

"어, 종식이구나. 늦었네. 버스 금방 갔는데."

늦은 시각이라 삼일고가도로를 달리는 자동차들도 뜨문뜨문 보였다.

"형, 그때 일은 미안해요."

"네가 미안할 게 뭐 있어? 네가 조퇴한다는 말 미리 했어도 어차피 그렇게 됐을 거야."

무엇이든 가려 주는 밤이어서 얼마나 다행인지 몰랐다.

"아버지는 좀 어떠시니? 수술해야 한다고 그랬잖아?"

"이만저만요. 삼미사에 재단 보조로 들어갔다면서요?"

"응, 그렇게 됐어. 그때는 이것저것 따질 처지가 아니었거든. 결국 그것도 다 속임수였지만……."

형은 목이 메이는지 뒷말을 잇지 못했다. 나도 뻘쭘해서 신발로 땅바닥을 찼다.

"나 열일곱 살에 미싱사 보조로 일 시작했거든. 그때는 열심히 일하면 다 되는 줄 알았어. 너무 순진했던 거지. 그러다가 근로 기준법이라는 게 있다는 걸 알게 되었어. 근로 기준법대로만 하면 우리도 인간 대접을 받을 수 있을 거라고 믿었는데……."

형의 마음속 이야기를 듣는 건 처음이었다. 겨우 보름밖에 같이 있지 않았고, 무엇보다 오 형사의 프락치 같은 내 처지 때문에 가까이 다가갈 수도 없었다. 미안한 마음도 컸지만 태일 형만 생각하면 왠지 든든했다. 힘들고 고단할 때 아무 때나 찾아가도 형은 괜찮다고, 힘내라고 다독여 줄 것 같았다.

"근로 기준법만 지켜지면 세상이 달라질까요?"

지난 3년 동안 죽도록 일했지만 조금도 나아지는 게 없었다. 우리 아버지처럼 다리 잘리고, 옥자처럼 각혈하다 쫓겨나도 세상이 잘못됐다는 생각보다 내가 모자라서 그렇다고 여겼다. 우리들의 피와 땀으로 벌어들인 돈은 사장 주머니로 다 들어가고, 공무원이나 큰 회사 사람들보다 두 배 넘게 일해도 손에 쥐어지는 월급은 10분의 1도 안 되는 그런 세상이었다.

"근로 기준법이 우리에게 희망이라고 생각했는데, 오히려 그거 때문에 우리들의 비참한 현실이 더 가려지는 게 아닌가 싶어."

무슨 말인지, 알 듯 말 듯했다. 태일 형의 말을 조금이라도 짐작해 보려고 애썼다. 온 마음으로 사랑하던 연인이 다른 사람을 좋아한다는 것을 알게 된 형은 그 연인을 스스로 마음에서 지워 내려고 처절하게 몸부림치는지도 몰랐다. 그래도 허울뿐인 법이지만 없는 것보다 있는 게 낫지 않나, 우리마저 내팽개치면 안 되는 거 아닌가 그런 생각이 들었다.

"……사람이 죽으면 뭔가 달라지겠지."

입술을 깨물며 형이 중얼거리듯 말했다.

"죽기는 왜 죽어요. 우리 같은 사람 죽는다고 눈이나 꿈쩍하겠느냐고요. 사람 취급 받은 적도 없는데……."

욱한 마음에 형한테 분풀이를 하듯 욕이 터져나왔다.

"나 하나 죽어 철벽 같은 세상에 바람구멍 하나 낼 수 있다면…… 그럴 수만 있다면 난……."

형의 다음 말은 입 끝에서 파르르 떨렸다. 깜깜한 어둠 속에서도 형의 눈은 차갑게 빛났다.

"내일 한 시에 국민은행 앞으로 나올 수 있지? 회원마다 열 명씩 데려오기로 했는데, 네가 제일 먼저 떠오르더라."

"네……?"

심장이 멎고 쿵, 가슴이 꺼졌다. 지금이라도 내가 시위 정보를 오 형사에게 줬다고 고백하고 잘못했다고 말하고 싶었다. 근로 기준법을 지키라며 뛰어다니는 형이 든든했다고, 형이 바라는 세상이 언젠가는 오지 않겠느냐고……. 머릿속이 터질 듯 아파 왔다.

"내일 보자."

버스가 섰다. 내가 머뭇거리자 형은 친구네 집에서 내일 쓸 현수막을 만들기로 했다며 희미하게 웃었다. 버스 차창으로 보니 형이 손을 흔들고 있었다.

*

아침부터 하늘은 잿빛 구름으로 뒤덮였다. 오 형사에게 흘린 정보 때문인지 시장 골목마다 형사들과 경찰들이 쫙 깔려 있었다. 경비원들도 건물 앞에 나와 일일이 얼굴을 확인하고는 '바깥으로 나올 생각 마라'며 겁까지 주었다.

"오늘 낮에 태일이 그놈과 패거리들이 데모를 한다니 한 사람도 나가면 안 돼. 괜히 어슬렁거리다 내 눈에 띄면 바로 해고라는 건 말 안 해도 알지?"

사장이 대자로 손바닥을 내리치며 눈을 부라렸다.

"조국 근대화를 방해하는 삼동친목회 놈들은 죄 빨갱이들이야."

나와 눈이 마주치자 사장이 큼큼 헛기침을 했다.

"옥자 나가고 나서 미싱 일도 손이 달린단 말이에요. 간신히 구한 시다 하나가 오후에 인사 오기로 했는데…….”

미순이 누나가 사장을 올려다보며 입을 달싹였다.

“오후 두 시라고 했지? 경찰과 형사들이 저렇게 많은데 그깟 놈들이 지랄발광을 해도 십 분 안에 진압할 거다. 그런 걱정 말고 일이나 시작해.”

사장 말이 떨어지자 사람들이 약속이나 한 듯 입을 다물었다.

점퍼 원단을 재단판 위에 올리자 민구 형이 재단 칼 앞으로 나를 밀어냈다. 며칠을 졸라야 겨우 쥐어 볼까 말까 해서 횡재라는 생각보다 무슨 꿍꿍이인가 싶어 눈만 꿈벅였다.

“전에 있던 재단사가 전태일이었다며? 경찰들이 쫙 깔린 것 보니 저번보다 더 크게 일 벌일 모양이야. 다들 몸은 다치지 않아야 하는데.”

민구 형이 그렇게 나오자 마음이 더 뒤숭숭했다. 잡아 뺄 수도 삼킬 수도 없는 목에 걸린 가시처럼.

“마음이 심란할 때 일에 몰두하는 것도 좋아.”

막상 재단 칼을 잡긴 했는데 겨드랑이 부분을 뭉텅 잘라내고 말았다. 시접 여유를 많이 주라고 했지, 하며 벌써 주먹이 날아왔을 텐데 아무 기척 없었다. 민구 형이 한 치수 작게 만들면 된다면서 선선히 원단을 걷어 냈다.

오늘따라 공장 안이 유난히 조용했다. 폭발 일보 직전의 긴장감이랄까. 시다들도 입을 꾹 다문 채 서로 눈치만 살폈다.

"우리 종식이, 수고했어."

사장이 불쑥 한마디 하고는 내 어깨를 툭 쳤다. 박힌 가시가 어깨를 찌르는 기분이었다.

"오늘 점심시간은 두 시부터다. 난 시장 사무실에 다녀올 테니 한 명도 바깥에 나가지 못하게 재단사가 잘 단속해."

시계를 쳐다보니 벌써 한 시가 다 돼 가고 있었다.

"이게 뭐야. 팔 부분 마름질할 때는 정신 바짝 차리라고 했지? 재단사 보조만 하다 인생 종 치고 싶어? 오늘은 잘할 때까지 꼼짝 말고 여기 붙어 있어, 알았지?"

사장의 숭숭 뚫린 정수리를 내려다보며 민구 형이 부러 큰 소리를 냈다.

"그러니까 깜냥 될 때까지 재단 칼 맡기지 말라고 했잖아? 친척인 거 신경 쓰지 말고 제대로 된 재단사로 만들어 주게."

사장이 어깨를 으쓱하고는 문을 나섰다. 내가 뜨악하게 쳐다보자 민구 형이 어깨를 들먹였다.

한 시가 넘어섰다. 태일 형은 무사할까? 사람들은 많이 모였을까? 꼭 나가겠다고 약속한 적도 없는데 자꾸 뒤가 켕겼다. 시계가 왜 이렇게 더디 가지? 창문 밖에 신경 쓰다 보니 손이 자꾸 어긋났다. 민구 형이 나를 밀쳐 냈다.

"칼질은 그만두고, 가게 내려가서 프릴 원단 찾아와."

갑자기 민구 형이 주위 사람이 다 듣게 소리쳤다. 웬 프릴? 아침까지 프릴 원단이 들어온다는 말은 없었다. 내일부터 작업 들어가는 여성 점퍼 때문인 걸까? 멀뚱한 내가 답답했는지 민구 형이 고갯짓으로 바깥을 가리켰다.

"그럼 나갔다 올게요."

"점심은 어쩌려고? 밥은 먹고 나가지 그래."

미싱사 누나가 무슨 낌새를 챘는지, 나를 불러 세웠다.

"끼니 건너뛴 게 한두 번인가요, 뭐."

민구 형의 마음이 바뀔까 싶어 재빨리 튀어나왔다.

옥상으로 올라가는 계단 쪽으로 빠르게 걸었다. 태일 형의 안부가 궁금하긴 했지만 대열에 끼어 형을 볼 자신이 없었다.

어두컴컴한 복도로 나오자 흐린 날씨 때문인지 꿉꿉한 먼지 냄새가 코를 찔렀다. 멀리서 웅성대는 소리만 들려올 뿐 복도 안은 사람 하나 없었다. 여느 때 같으면 화장실에 가거나 수돗가에 물 받으러 가는 사람 몇은 보여야 했다. 주위를 두리번거리며 복도 끝까지 갔다. 옥상에 다가서자 두런대는 말소리가 들렸다. 멈칫, 숨이 쿡 막혀 왔다. 복도 한구석에 태일 형과 삼동친목회 회원들이 서 있었다. 검정 바바리 차림을 한 형 옆에는 석유통이 놓여 있었다. 화형식인가 뭔가에 쓸 석유인 것 같았다. 형의 얼굴에 비장한 기운이 감돌았다.

'형, 지금이라도 그만둬. 형도 있으나 마나 한 법이라고 했잖아.'

경찰과 경비원들이 통로를 막고 나가지 못하게 하는지 고함 소리가 복도 위까지 올라왔다.

"누가 오 형사한테 찌른 것 맞지?"

누군가의 입에서 그 말이 튀어나왔을 때 다리가 푹 꺾였다.

"벌써 끌려간 사람도 있어. 흔들리지 말고 할 일만 생각하자."

형이 단호하게 말을 잘랐다. 작은 몸 어디에서 저런 강단이 나오는 걸까?

한 시 반이었다. 형들이 말한 데모 시간이었다. 계단이 보이는 벽에 몸을 바짝 붙였다.

태일 형의 눈짓에 회원들이 옷 속에 감추고 있던 현수막을 꺼내 펼쳐 들었다.

"우리는 기계가 아니다!"

그 문구가 가슴에 문신처럼 박혔다.

회원들이 2층 계단에서 내려섰을 때 잠복해 있던 형사 둘이 기다렸다는 듯 뛰어왔다. 곧이어 현수막을 뺏으려는 자와 빼앗기지 않으려는 자들 사이에 몸싸움이 벌어졌다. 이내 현수막은 찢어져 발에 밟혔다. 순식간에 벌어진 일이었다. 뒤 이어 형사들이 몽둥이를 닥치는 대로 내리쳤다. 형과 회원 몇은 후다닥 계단을 뛰어 올라갔다. 형사들이 회원 둘을 잡아끌고 내려가자 형들이 3층에서 다시 내려왔다.

"그깟 현수막 없어도 돼. 그냥 나가자!"

회원 하나가 벌개진 얼굴로 소리쳤다. 회원들이 주먹을 불끈 쥐었다.

"너희들 먼저 내려가서 담배 가게 옆에서 기다려. 난 이따 갈 테니."

태일 형이 심각하게 말했다.

정체를 알 수 없는 불안감이 나를 덮쳤다. 손바닥에 땀이 찼다.

'형, 왜 그래? 형이 대장이잖아. 같이 내려가라고! 태일이 형 데리고 가란 말이야.'

"그래, 빨리 내려와라."

"사람들이 흩어지기 전에 분위기 띄우고 있을게."

태일 형을 남겨 두고 회원들이 국민은행 앞길을 향해 달려갔다. 태일 형은 회원들의 모습이 사라진 후 품에서 책을 꺼냈다. 책장이 너덜해질 정도로 낡은 책이었다. 오늘 화형식에 처한다는 근로 기준법 책인 것 같았다. 책장을 쓰다듬는 형의 손이 가늘게 떨렸다. 무슨 결심이 섰는지 태일 형은 옆에 있던 석유통을 들어 몸에 붓기 시작했다.

'지금 뭐 하려는 거지?'

나는 아무 생각도 떠오르지 않았다. 발이 먼저 계단을 내려섰다. 발자국 소리에 형이 고개를 들었다. 형과 눈이 마주쳤다.

"형, 무슨 짓이야?"

태일 형은 나를 향해 고개를 가로저었다. 분노로 이글거리는 눈은 그 자리에 가만있으라고, 나를 막지 말라고 말하는 것 같았다. 그것은 거부할 수 없는 명령이었다. 형은 근로 기준법 책을 가슴에 품고 천천히 계단을 내려갔다.

"사람이 죽는다면……."

144

어제 했던 형의 말이 퍼뜩 떠올랐다. 몸이 뻣뻣하게 굳어 왔다.

몇 발자국 내딛었을까? 갑자기 태일 형의 옷에 불길이 확 치솟았다. 이내 불길이 형을 휘감았다. 불붙은 몸으로 형은 사람들이 모여 있는 국민은행 앞길로 뛰어나갔다. 경찰과 경비원들의 협박과 몽둥이질에 흩어졌던 노동자들이 불길을 보고 다시 몰려들었다.

"근로 기준법을 준수하라!"

"우리는 기계가 아니다! 일요일은 쉬게 하라!"

"노동자들을 혹사하지 말라!"

죽음을 앞둔 호랑이처럼 형은 온 힘을 다해 외쳤다.

입을 막은 화염 때문인지 마지막 말은 알아들을 수 없는 비명으로 변했다. 불꽃에 휩싸인 채 몇 걸음 비틀거리며 걷던 형이 바닥에 풀썩 쓰러졌다. 나는 뜨거운 불길에 갇힌 것처럼 몸을 움쩍할 수 없었다. 어느새 눈에서 뜨거운 눈물이 쏟아졌다.

"형, 안 돼."

계단을 뛰어 내려가며 소리쳤다. 고함 소리에 놀란 경찰들이 사람들을 헤치며 뛰어나왔다. 은행 앞은 순식간에 아수라장이 되었다. 여기저기에서 비명이 터졌다.

"사람이 불탔다."

"전태일이 불탔다."

형이 말하던 근로 기준법 화형식은 그렇게 이루어졌다.

멈춰진 시간. 쓰러진 형의 몸 위로 불길은 쉬익쉬익 소리를 냈다.

나는 잠바를 벗어 들고 형의 몸에 붙은 불길을 내리쳤다. 살 타는 냄새와 뜨거운 불기운에 얼굴이 화끈거렸다. 눈물도 뜨거울 수 있구나. 볼을 타고 흘러내리는 눈물을 닦을 수 없었다. 우왕좌왕하던 사람들이 일제히 형의 몸에 붙은 불길을 끄기 시작했다. 간신히 불길을 잡았을 때는 옷의 엉덩이 부분을 제외하고 형의 몸은 시꺼먼 숯덩이가 되어 있었다. 옷이 눌어붙은 팔은 화상으로 빨갛게 터졌다. 눈꺼풀은 뒤집히고 입술은 퉁퉁 부르터 있었다.

"형, 죽으면 안 돼!"

태일 형이 비틀거리며 다시 일어섰다. 사람들을 향해 태일 형이 쥐어짜듯 외쳤다.

"내 죽음을 헛되이 하지 말라!"

뒤늦게 나타난 기자들이 쫓아와 '동기가 무엇이냐?'고 물었다. 태일 형은 죽을힘을 다해 입을 움직였지만 무슨 말인지 알아들을 수 없었다. 기자들 틈으로 민구 형이 보였다.

"전태일이 죽었다!"

누군가의 외침이 평화시장 하늘로 울려 퍼졌다.

사람들을 가르며 구급차가 달려왔다. 삼동친목회 회원 둘이 태일 형을 들어 차에 실었다.

두 시였다.

"근로 기준법을 준수하라!"

눈물 삼키며 소리치는 회원들의 선창에 사람들의 함성이 이어졌다.

구급차를 쫓아가던 나는 되돌아서 국민은행 쪽으로 달렸다. 형의 죽음을 헛되게 할 수 없었다.

"우리는 기계가 아니다!"

"누가 전태일을 죽였는가?"

"우리도 사람이다. 열여섯 시간 노동이 웬 말이냐?"

나는 미친 듯이 소리치며 사람들 속으로 뛰어들었다. 현수막 따윈 필요 없었다. 시장 안 직공들이 물 밀듯이 쏟아져 나왔다.

그것은 거대하고 뜨거운 불길이었다.

10월 유신, 새마을 운동, 12·12 사태, 7·4 남북 공동 성명, 베트남 파병……. 수많은 사건들 중에서 전태일의 분신자살에 주목한 이유는 그의 죽음이 1970년대 우리나라를 상징하기 때문이다.

열일곱 살 전태일은 빨리 재단사가 되어 가족이 함께 살 집을 마련하고, 못다 한 공부를 계속하고 싶었던 지극히 평범한 청년이었다. 창문도 환풍기도 없는 좁은 공장에서 혹사당하는 어린 여공들을 보면서 그는 점점 투사가 되어 갔다. 거창한 이념이나 이상향에 대한 열망 때문이 아니었다. 여공들은 그에게 여동생이나 다름없었고, 가족 같은 그들의 고통을 외면할 수 없었기 때문이었다. 그런 면에서 보면 그는 누구보다 더 인간에 대한 연민과 세상에 대한 믿음을 가진 따뜻한 사람이었다.

노동자들의 권리와 근로 조건을 정한 근로 기준법이 있다는 사실은 그에게 충격이자 고민의 시작이었다. 왜 기업주들은 근로 기준법을 지키지 않는 걸까? 혹시 대통령이 노동자의 비참한 현실을 모르고 있는 건 아닐까? 그는 기업주의 포악함과 참혹한 노동 현실을 대통령이 안다면 가만있지 않을 거라고 믿었다. 그래서 근로 시간 단축과 일요일 휴무, 건강 검진 등 근로 조건을 개선해 달라며 청와대에 편지까지 보냈다.

노동청과 시청 근로 감독관, 평화시장 기업주들이 온갖 핑계와 회유로 그들의 요구를 묵살하자 그는 새로운 계획을 세우기도 했다. 근로 기준법을 지키면서 성공하는 모델을 보여 주겠다며 '태일피복'이라는 회사를 구체화한 사업 계획서를 만들고 5천만 원의 사업 자본을 마련하기 위해 안구 기증을 시도하기도 했다.

하지만 쿠데타로 집권한 박정희 정부는 정권의 정통성을 인정받고 안정적인 정권 유지를 위해 '선 성장 후 분배'를 내세운 경제 발전에 박차를 가했으며 노동자들의 희생을 묵인했다.

그 결과 인간 이하의 가혹한 노동 환경에 내쳐진 어린 여공들은 직업병으로 신음하고, 해마다 수천 명의 광부들이 무너진 갱도 속에 목숨을 잃었지만 기업가와 정부는 '나라가 부강해야 국민도 행복하다'는 논리로 기업들의 노동법 위반을 눈감아 주거나 방조했다.

정의감에 불타는 스물세 살의 전태일에게 근로 기준법을 알게 된 것이 더 고통이었을 거다. 허울뿐인 근로 기준법, 감독관청의 방조, 가난하고 힘없는 노동자들에게 대한 사회의 무관심과 비정함, 희망이 없는 삶에 좌절한 그는 근로 기준법 화형식과 더불어 스스로의 삶도 불태워 버렸다.

전태일의 죽음이 알려지면서 수면 아래 가라앉아 있던 노동 현실이 알려지게 되었다. 참혹한 노동 실태에 대한 기사가 연일 신문에 실렸고, 금기어였던 '노동자' '노동운동'이라는 말을 당당하게 입에 올리기 시작했다. 대학생들이 전태일 추도식과 집회를 열고 기업주, 어용 노총 등 현 정권의 개발 독재를 타도하자는 항의 시위에 돌입했다. 노동자들도 자신들의 생존권을 지키겠다며 노동조합을 설립했고, 대학생들은 노동자들과의 연대 투쟁을 위해 노동 현장으로 들어갔다. 당시 대통령 후보였던 김대중은 '전태일 정신의 구현'을 선거 공약으로 내놓았고, 아이러니하게도 박정희 대통령 후보 역시 근로자의 복지 향상을 거론했다. 이렇듯 전태일의 분신자살은 우리나라 노동 운동의 도화선이자, 기폭제가 되었다.

그 후 50년이 지난 지금, 그렇게도 염원하던 민주 정부가 들어섰음에도 불구하고 IMF와 같은 격변을 거치면서 노조 탄압, 구조 조정, 비정규직 노동법 제정 등 나아진 것이 없다. 노동 조합이 많고 노동 운동이 활발한 나라일수록 복지가 탄탄하다던데…….

책이 나오면 다시 청계천 버들다리로 전태일을 보러 가야겠다.

"당신이 꿈꾸었던 나라는 언제쯤 올까요?"

참 면목 없지만 그에게 넋두리를 하게 될지도 모르겠다.

유월의 노래

임어진

"강수연 누나가 베니스 영화제에서 여우 주연상을 받았대!"

창기 목소리는 들떠 있었다. 아시아 배우가 이 상을 수상한 건 처음이란다. 임권택 감독 영화 〈씨받이〉에서 뛰어난 연기로 호평을 받았다는 얘기도 빠뜨리지 않았다.

"근데 제목이 어째 그렇다."

"제목보다 감독의 주제 의식을 봐야지. 조선 시대 남녀 차별과 계급 사회 부조리를 비판한 영화라니까."

"알았어, 알았어. 하여튼 기쁜 일이네."

안 그래도 형도와 창기랑 강수연 주연 영화를 보러 갈 작정이었다. 〈미미와 철수의 청춘 스케치〉 인기가 대단하다나? 반에서 아직 안 본 애는 우리들뿐인 것 같았다. 만나기로 한 시간은 아직 넉넉한데

151

창기가 애가 달아 또 전화를 한 거였다.

"몇 시에 올래? 손님 왔다 갔어?"

"어어, 아직……. 단성사랬지? 뭐라도 먹으면서 놀고 있어."

약속한 주문 손님이 늦는다. 엄마의 성당 교우분이라고 했다. 상자로 단팥빵을 맞춰 가는 손님은 대개 인근 성당 사람들이다. 사귐성 좋은 엄마는 이사 와서 이 성당에 다니기 시작한 지 몇 년도 안 돼 엄마표 단팥빵 맛을 사람들 입에 확실하게 심어 놓았다. 여기가 '남대문 맛 좋은 단팥빵집'이냐며 묻는 손님들 대부분은 성당 안팎에서 입소문을 듣고 온 사람들이다. 그중 교우 한 분이 전화로 주문한 빵을 내가 챙겨 줘야 한다. 아버지 택시로 지선이까지 데리고 고향의 친척 결혼식에 가며 엄마가 일러둔 유일한 임무다.

"지완이 너, 공부할 게 많대서 두고 가는 거다이."

찔리지만 표정을 안 바꾸고 버텼다.

"집 잘 보고, 손님 찾으러 오믄 공손하게 인사 잘혀라이. 엄마 딴말 안 들꼬롬."

어련할까. 지선이도 사촌들 보고 싶다며 따라간 게 천만다행이다. 아니면 극장에 저도 데려가라고 징징거렸을 거다.

가게 문 안에 아직 그대로 있는 어제 신문을 주워 탁자 위에 올려 놓았다. '대학교수협의회, 항의 성명서 발표'. 1면 제목이 눈에 들어왔다. 마음이 콩밭이라 기사 내용은 볼 생각이 안 났다. 그래도 그렇지, 헤드라인하고는 참.

"뭘 항의하는지가 없냐."

한눈에 알 수 있게 하는 게 헤드라인 아닌가? 형도 지론으로라면 일부러 뺀 건지도 모른다. 아버지가 전직 기자였다는 형도는 국민의 눈을 가리는 게 지금 언론이라며 늘 울분을 참지 못하니까.

갑자기 바깥이 소란스러워졌다. 구호 외치는 소리가 틀림없다. 설마 데모? 벌떡 일어나 밖으로 나가 보았다. 역시다. 시위대 한 무리가 도로를 메우고 구호에 맞춰 주먹을 치켜들고 있다. 이 동네로 이사 온 뒤로 벌써 두 번째다. 우리는 큰이모가 하던 단팥빵집을 엄마가 배워 넘겨받는 바람에 아예 이사 와 2층을 살림집으로 쓰며 눌러살게 되었다. 그런데 이런 일은 솔직히 예상하지 못했다. 물론 엄마한테 맹모삼천지교를 들먹이긴 했다. 이런 어수선한 큰 시장 골목 어귀에 살면서 공부 잘하길 기대하는 건 무리라고 말이다. 곧 나올 성적표를 의식한 사전 면피용 멘트였지만.

저번엔 너무 금방 흩어져서 왜 했는지도 모르고 끝났다. 이번에는 좀 들어 보려고 골목 바깥으로 나갔다.

"뭐라고 하는 거야?"

자세히 들어 보기도 전에 타타타타타 최루탄 쏘는 소리가 났다. 시위대가 고함을 치며 순식간에 흩어졌다. 전투모를 쓰고 방패와 몽둥이를 든 전경들이 시위자들 뒤를 쫓았다. 뒤쪽에 있던 몇 사람이 금세 덜미를 잡히며 두들겨 맞거나 끌려갔다.

"헉······."

초조해서 나도 모르게 주먹을 쥐는데 골목으로 물러난 시위대가 야유를 했다.

"폭력 경찰 물러나라! 고문 정권 퇴진하라!"

전경들 손에서 무언가가 날아왔다. 동그란 그것들이 바닥에 떨어지자 날렵한 파열음과 함께 파편이 사방으로 튀었다. 하얀 최루 가스 폭탄이었다. 아까 쏜 최루탄은 맛보기 기본형이었던 모양이다. 이번 건 무슨 말로도 표현하기가 힘들었다. 매캐한 냄새가 퍼지는가 싶더니 곧 죽을 것처럼 눈코입이 맵고 따가웠다.

"으윽, 캑캑!"

멍청하게 내다보고 서 있던 게 실수였다. 얼른 가게 안으로 들어왔다. 가게 안으로도 냄새가 들어차려고 했다. 급히 유리문을 닫으려는데 누가 밀치듯이 뛰어 들어왔다.

"이크!"

교복을 입은 여학생이었다. 교복은 근처 여고 거라 눈에 익었다.

"헥, 헥."

여학생은 허리를 꺾고 캑캑거리다 숨을 몰아쉬길 몇 번을 한 뒤에야 고개를 들었다. 온통 빨개진 얼굴에 눈물 콧물이 가관이었다. 화가 나 눈물방울 매달고 있는 못난이 인형 얼굴이 잠깐 떠올랐지만 피차 내 처지도 비슷할 게 틀림없었다. 둘이 흘린 눈물 콧물로 휴지통이 금세 수북해졌다.

한참 시간이 흐른 것 같다. 아니 어쩌면 아주 잠깐인지도 모른다.

"물 좀 줄래?"

"네? 아, 네."

나보다 나이가 많나? 그런 생각도 잠시, 나는 매운 눈을 겨우 뜨며 더듬더듬 냉장고 쪽으로 갔다.

밖이 잠잠해지자 여학생은 문을 열고 내다보더니 "고마워." 하고는 쏙 빠져나갔다.

벌써 나가도 괜찮아요? 그런 말 같은 걸 하고 싶지는 않았다. 솔직히 그 여학생이 들어와서 실내 최루탄 가스 농도가 열 배는 높아져 있었기 때문이다.

"최루 가스를 덮어쓰고 왔나, 온몸으로 구르다 왔나? 어휴, 캑캑."

*

"뭐? 여학생? 예뻤어?"

창기랑 형도는 내가 해 준 얘기에 영화 잔상이 남아 제꺽 강수연 누나를 떠올리는 표정들이었다. 눈물 콧물에 빨갛게 붓기까지 해 못난이 인형 얼굴 같았단 말은 차마 하지 못했다. 아무리 친구 사이라 해도 보호해 주고 싶은 환상이 있는 법이다.

"으응, 뭐 좀……."

녀석들 얼굴에는 역시 대리 행복감이 어렸다. 무얼 더 바라랴.

초가을 휴일 오후의 대학로는 단성사 앞 못지않게 붐볐다. 또래들

이 많은 것도 같았다. 학교 등하교 때 늘 보는 곳인데도 휴일 분위기
는 또 달랐다.

"일요일까지 여기로 나와야 하냐?"

"진기 형이 오늘밖에 시간이 안 된다잖아."

창기 대답에 투덜거리던 형도가 입을 다물었다. 창기네 형인 대학
생 진기 형이 우리에게 이 길에 있는 흥사단 고교생 연합회를 소개해
주겠다며 불렀기 때문이다. 진기 형은 대학생 연합회에서 임원으로
활동 중이라고 했다. 유익하고 재미있을 거라면서 동생에게 권한 걸
창기가 우리까지 데려온 것이다.

진기 형은 덩치 큰 머슴 같은 창기와 달리 척 봐도 집안 자랑이었
음에 분명한, 총기 어린 눈과 여린 몸의 '나, 수재!' 과였다.

"어서들 와. 여기서 활동해 보면 두루 배우는 게 많을 거야."

형이 안내하는 토론방에 들어가 한참 이런저런 얘기를 듣고 있는데
누가 들여다보며 아는 척을 했다. 진기 형이 마주 손을 들어 보였다.

"으응, 인사해. 동생 친구들이야. 이쪽은 우리 대학생 연합회 회원
김문표 군."

군이라고 칭호를 붙이니까 어쩐지 독립을 쟁취해야 하는 시절로
돌아간 것 같긴 했지만 흥사단의 단원 간 호칭 규칙이라니까 할 말
은 없었다.

"아아, 그래? 반가워. 군들 이름이?"

진기 형 동료가 다가와 일일이 악수를 청하며 이름을 물었다. 눈

과 얼굴이 반들거려서 묘한 느낌을 주었다. 다른 애들도 같은 느낌을 받았는지 인사를 마치고 토론방을 나오자 우리는 앞다퉈 킥킥거렸다.

"그 동료라는 사람, 얼굴에 무슨 왁스칠 한 거 같지 않았냐?"

"어? 나도 그 생각 했는데! 푸하하."

"왁스 하면 말표지. 이름을 문표가 아니라 말표라고 하면 절대 안 잊어버리겠다. 킥킥."

건물 밖으로 나오려는데 어디선가 두둥둥거리는 소리가 들렸다. 재쟁쟁거리는 소리도 들렸다. 서로 섞여 제법 맛을 내는 소리가 들렸다. 건물 뒷마당 쪽이었다. 나는 걸음을 멈추며 아이들 팔을 잡았다.

"저거 한번 보고 가지 않을래?"

아이들은 어깨를 들썩했다. 상관없다는 뜻이었다. 어차피 달리 바쁠 것도 없었다.

뒷마당에는 북과 꽹과리를 든 대학생 형들이 같이 장단을 맞추고 있었다. 장구를 맨 누나는 옆에 서서 지켜보며 고갯짓만 했다. 징은 땅바닥에 양반다리를 하고 앉아 있는 뚱뚱한 형 옆에 둥그렇게 놓여 있었다.

두 사람 장단에 점점 신명이 오르자 장구 누나가 끼어들었다. 덩 덩 덩기 딱 덩덩 덩기 딱. 나도 모르게 더 다가갔다. 북과 장구 소리가 어우러져 가슴을 둥둥 울렸다. 쿵, 쿵, 북소리가 무엇보다 나를 잡아 흔들었다. 얼마나 시간이 흘렀을까. 두우웅 더어엉 딱! 지이이

잉! 소리들이 문득 멎었다.

누군가 팔을 흔들었다.

"야, 정신 차려. 얘 얼빠진 것 좀 봐."

창기 목소리였다. 형도가 히죽거렸다. 나는 아이들을 돌아보며 눈을 빛냈다.

"우리 저거 배워 보지 않을래? 나 북 한번 쳐 보고 싶어."

"난 관심 없어. 소리 내는 건 뭐든지 젬병이야."

창기 말은 묵살되었다. 나는 그 자리에서 둘을 잡아끌고는 북을 내려놓고 쉬는 형에게 다가갔다.

"저어, 저희 이거 배울 수 있어요?"

형은 선선히 고개를 끄덕였다.

"그럼, 배울 수 있지."

너무 쉽게 허락을 하니까 왠지 미덥지가 않을 정도였다. 그때 누군가 끼어들었다.

"그래, 하자. 우리 넷이 고등부 사물패 하면 되겠네."

이건 어디서 들은 목소리 같은데? 하는 순간 돌아보던 내 눈이 커져 뻥 터질 뻔했다. 눈앞에 아까 가게에 뛰어 들어와 최루 가스 농도를 열 배로 올려놓았던 여학생이 서 있었다. 그새 교복은 어쨌는지 편안한 후드티 차림이었다.

"응, 세연이도 할래? 좋지."

이름이 세연이군. 근데 또 다짜고짜 반말? 역시 누나인가. 그렇다면 어려 보이는 편이다. 나중에 친해지면 점수 딸 일 있을 때 얘기해 줘야겠다. 내가 아는 표정이자 창기랑 형도가 연신 붕어 입을 뻐끔 댔다. 누구냐는 뜻이다. 나도 마찬가지 붕어 입으로 '아까 그 최루 탄' 하고 답해 주었다. 녀석들 눈에 어리는 복잡한 심사는 굳이 해석 하고 싶지 않았다. 강수연 누나가 이 세상에 두 명이나 있을 리야 없 잖은가.

세연이 누나는 장구 누나에게서 장구를 넘겨받아 제 어깨에 척 둘 러맸다. 폼이 그럴싸해 주눅이 들려고 하는데, "덩 딱 덩 딱!" 세연이 누나가 채를 쥐고 장구 소리를 냈다. 어설프기가 이루 말할 수 없었 다. 용기가 하늘로 치솟았다. 세연이 누나가 저 정도면 우리도 얼마 든지 도전할 수 있다는 얘기였다. 형도에게는 꽹과리를, 투덜대는 창 기에게는 징을 떠안겼다.

"이건 가끔 가다 한 번씩만 치는 것 같더라. 그러니까 부담 없잖 아."

징을 맡은 형이 웃으며 말했다.

"단 몇 번만 치는 거라서 징이야말로 가장 힘이 있어야 해. 세상을 다 깨우는 소리여야 한다구."

그 말이 창기에게 멋있게 들렸나 보다. 창기는 눈을 반짝이며 징을 굽어보았다. 나는 다시 한 번 애원하는 얼굴로 형들을 둘러보았다.

"저희들 좀 가르쳐 주세요."

쭈그리고 앉아 담배를 피우던 꽹과리 형이 담배를 비벼 끄고 일어나 다가왔다.

"그냥 한두 번 장난으로 해 보다 말 거 아니지?"

물론이다. 나는 창기와 형도의 뒷목을 잡아 함께 꾸벅 인사를 시켰다.

"그럼요, 당연하죠. 저희들 열심히 배울게요."

세연이 누나가 키득거렸다. 할 수만 있다면 누나도 똑같이 꾸벅 인사를 시키고 싶었다. 초보티 나던 장구 솜씨를 보건대 누나라고 처지가 다를 게 없어 보였기 때문이다.

"세연이도 일주일에 한 번씩 시간 낼 수 있지?"

세연이 누나가 고개를 까딱거렸다.

삼거리에서 창기랑 형도와 헤어져 전철에 몸을 싣고도 어디선가 북소리가 계속 들렸다. 두둥 둥둥 두둥 둥둥. 장구 소리도 끼어들었다. 덩 딱 덩 딱. 두 소리는 전혀 섞이지 않았다. 장단이 하나도 안 맞았다. 이상했다.

*

어째 이상하더라니 누나가 아니라 같은 고1이었다. 세연이 말이다. 우리를 척 보고 고1인 줄 다 알았단다. 그 말로 슬쩍 넘기려 하다니. 나는 억울하지만 타고난 동안 탓에 눈물을 머금고 수용할 수 있다. 하지만 영감 같은 창기나 묵은지처럼 벌써 곰삭아 있는 형도를 어디로 보아!

"아, 지금 그런 게 문제야? 진기 선배가 말한 책은 다 읽었어?"

세연이는 딴 데로 화제를 돌리는 데도 선수였다. 학교는 우리 집 근처이면서 제 집은 우리 학교 근처인 것도 재미있었다. 우리는 사물패 연습을 마치고 몸이 늘어질 때면 귀가하는 길이 까마득해, 서로 엇갈려 다니느니 집을 바꿔 버리자는 영양가 없는 농담도 곧잘 되풀이했다.

우리는 사물패 연습과 함께 매주 모여 토론방에서 독서 토론도 함께 했다. 토론은 진기 형이 도와주었다. 책들은 읽기 어려운 말은 없었지만 마음을 힘들게 했다. 우리 또래의 나이에 가족 생계를 책임지고 하루 종일 기계 앞을 못 떠난 채 일하는 노동자 이야기, 자기 조국의 잔인성에 저항하다 목숨을 잃은 독일의 젊은이들 이야기, 배웠던 것과 너무도 다른 삶을 산 인물들 이야기……. 여태껏 모르고 있던 세상이 한 꺼풀씩 베일을 벗는 느낌이었다.

하굣길에 놀러 갔던 여자 대학교 앞에서 유인물 뿌리다 잡혀가는 여대생들을 보았다며 지선이가 저녁상 앞에서 신이 나 재잘댔다. 한 장 몰래 주워 왔다며 자랑도 빠뜨리지 않았다.

"어린 것이 뭣 허러 그런 걸 함부로 집어 와? 모르는 얘기는 떠들고 다니지 말고, 착실허게 공부나 혀."

아버지가 지나치게 지선이를 나무랐다.

아버지가 회사 택시로 주야 맞교대를 하다 보니 온 식구가 저녁을 같이 먹는 것도 오랜만이었다. 지선이가 학교에 남아 보충 수업을 하거나 내가 학원을 가거나 해서 한 자리씩 비기 마련이었다. 모처럼 같이 저녁을 먹는 자리에서 아버지의 그런 말은 저항감을 일으켰다.

"지신이도 이제 알 긴 알아도 될 만큼 컸어요, 아버지."

열다섯이 아주 어린 나이는 아니다. 아버지는 도리어 더 화를 냈다.

"시상 무선 줄 모르면 어린 게 아니고 뭐다냐? 지완이 니도 잘 알아라이. 목숨은 딱 한 개여, 딱 한 개. 애껴야 혀. 알겄어?"

엄마가 끼어들었다.

"아, 철없어서 긍갑다 하고 넘어가. 애들 밥도 못 먹게 뭘 그리 윽박지르고 그런댜. 야, 언능 먹어라. 글고 지선이 너 줏어 온 거 이리 줘 봐라이. 뭐라고 써 있간디 여자애그들까지 잡아 끌고 가나 보자이."

지선이가 입이 세 발인 채로 가방에서 유인물을 꺼내 엄마 앞에 던져 놓았다. 엄마는 눈을 흘기며 입속말로 뭐라 해 주고는 유인물을 들고 살펴보았다.

"하이고, 이렇기 작은 글씨를 어찌 본다냐? 야, 지완아, 니가 읽어 봐라이. 나는 당최 안 보인다이."

내가 아버지 눈치를 보자 엄마는 더 보란 듯이 내 앞에 유인물을 들이밀었다. 나는 마지못해 받아 들고 읽어 주었다.

"애국 시민 학생 여러분!"

아버지가 눈을 부라렸다. 엄마도 지지 않고 아버지를 째려보았다. 아버지는 헛기침을 몇 번 하더니 일어나 밖으로 나가 버렸다.

"승질 별나기는. 계속 읽어 봐야."

유인물 내용은 심각했다. 여동생과 엄마 앞에서 차마 입에 올리고 싶지 않은 말들이 너무 많았다.

"음, 여름에 경찰이 취조하려고 잡아간 서울대 여학생을 고문한 사건이 있어서 지금 엄청나게 시끄러운가 봐. 작년 가을에도 사회 단체 활동 하던 사람을 잡아가서 이십이 일이나 고문을 해서 몸을 다 망가뜨려 놓은 사건이 있었고……."

"뭣이야? 이십이 일? 사람이 그걸 어쩌코 견디냐! 글고 여학생이 뭘 어쨌다고 고문까지 한다냐."

"여학생은 음, 성 고문을 당한 건데, 그 경찰을 고발했는데도 여학생이 되레 명예 훼손으로 맞고발당했다고……."

"으메, 징한 거!"

지선이 눈도 공포로 커졌다. 엄마가 주먹으로 가슴을 통통 쳤다.

"으메, 말만 들어도 가슴이 벌렁거려야. 딸자식 키우는 부모 아니라도 이런 야그 들음 기절하겄다. 하이고, 대명천지에 그게 진짜로 참말이디야?"

그 경찰 이름도 쓰여 있었다. 문귀동. 그 경찰의 짐승 같은 짓을 어럽게 고발한 여학생 성도 나와 있었다. 권 양. 서울대 3학년 학생이었다. 22일이나 죽음 같은 고문을 당하고도 지금 옥에 갇혀 있다는 사회 운동가의 이름도 알 수 있었다. 김근태. 병을 얻어 몸이 말이 아니라고 했다. 차마 더는 읽을 수 없었다.

나는 유인물을 버리지 않고 독서 토론 날 가지고 갔다. 아이들은 돌려 가며 보았다. 칭기와 형도는 말이 안 나오는지 "아, 씨!" 소리만 거듭 했다. 세연이는 알고 있었다고 했다. 대학 다니는 언니들이 있어 성 고문 사건을 벌써부터 듣고 제 머릿속까지 바뀌었다고 했다.

"그런 일을 당하고 고발했는데 그걸 더 나쁘게 몰아세우는 게 세상이잖아. 너희에게는 그런 실감이 덜 나겠지만, 나는 '여자로 살기가 이렇게 힘들구나, 두 배, 아니 백 배는 강한 맘 먹어야겠구나' 생각했어."

그래서 처음 본 날, 그냥 우연히 시위대와 맞닥뜨린 게 아니고, 언니들에게 시위 계획을 들어 알고서 작정하고 보러 나왔던 거란다. 나이는 같지만 세연이가 조금은 누나처럼 보였다. 그날 신문의 1면 제목에서 무슨 글자가 빠져 있었는지도 머릿속에서 퍼즐처럼 맞춰졌다. '고문'. 고문 항의 성명서 발표. 그 껄끄러운 단어를 빼고 기사 제목이랍시고 실었던 것이다. 그 얘기를 하자 형도는 거 보라며 정권의 하수인 노릇에 급급한 언론의 잔재주를 비웃었다.

엄마의 단팥빵은 여전히 인기가 좋아 성당 단골손님들이 꾸준히 찾았다. 손님들은 들를 때 보리차 한 잔, 빵 한 조각 앞에서도 기도를 빠뜨리지 않았다.

"지금 이 순간에도 부당한 권력 아래서 탄압당하고 고통받는 어린 형제들을 구해 주시고, 엄혹한 이 어둠의 시대에 굴하지 않는 용기를 저희에게 주시옵소서."

어느새 겨울 방학이 다가와 있었다.

*

아침에 등교하자마자 마른하늘에서 징계장이 떨어졌다. 교장 선생님이 우리를 호출해 어리둥절해 하며 갔는데, 징계 회의에 회부된 거였다. 교장 선생님은 형식적인 징계 회의를 소집해 놓고 허수아비 같은 선생님들과 우리들 들으라고 일장 연설을 했다.

"국가 전복을 꾀하는 좌경 용공 세력의 준동이 날로 극을 더해 가고 있어요. 우리 순수하고 무구한 십대 학생들까지 세뇌시키려고 붉은 마수를 도처에서 뻗쳐 오고 있단 말입니다. 여러분은 올바른 지성을 길러 이에 맞서는 진실하고 정의로운 사람들이 되어야 함에도, 이런 불온한 세력의 저의를 알지 못하고 순간의 호기심에 이끌려 적색혁명의……."

교장 선생님의 말로만 보면 우리는 거의 간첩 버금가는 국가 대역 죄인들이라 해도 무방할 정도였다. 목이 붙어 있을 수 없는 지경이었다.

영혼 없는 얼굴로 앉아서 듣는 교사들 틈에 끼어 있던 담임 선생님이 무릎 위에 올려놓은 두 손을 연신 바지에 문질렀다.

"저기, 그 말씀은 좀……."

교장 선생님이 담임 선생님에게로 눈을 돌렸다.

"애들은 그저……."

"그저 뭐요?"

담임 선생님은 문지르던 손을 멈추고 주먹을 꽉 쥐더니 교장 선생님을 괴로운 얼굴로 바라보았다.

"애들도 이제 곧 고2인데, 사회 문제에 관심 가질 만큼 성장한 나이입니다. 비판적인 의식이 있는 책 몇 권을 학생들이 읽는 게 그렇게 큰 잘못이라고는 생각하지 않습니다."

'오오! 담임이 저런 말도 할 줄 알아? 그냥 샌님 선생님인 줄만 알았더니, 새로운 면이 있네!'

우리는 다 그런 생각을 갖고 서로 눈을 마주쳤다. 담임 선생님의 얘기를 듣고서야 우리가 무엇 때문에 이 자리에 불려 와 있는지도 감이 왔다. 진기 형하고 토론방에서 읽은 책들이 문제가 된 거였다.

교장 선생님 안색은 완전 똥 씹은 얼굴이었다.

"뭐야? 김 선생! 이거 알고 보니 김 선생이 더 문제구만."

그다음 일은 쓴웃음이 나는 드라마 장면 같았다. 담임 선생님에게 덤터기가 씌워지고, 우리는 느닷없는 올가미에 걸린 가엾은 희생양 선생님을 측은하게 바라보는 관찰자 노릇을 하고 있었다. 물론 우리에게 떨어진 징계 조치가 해제된 건 아니었다. 죄질(!)로 보아 2주 정학 처분감이나, 방학이 시작됨에 따라 반성문과 열 시간 봉사로 대체한다는 명령이 떨어졌다. 담임 선생님은 감봉 처분을 받았다.

처음으로 술을 같이 마시는 어른이 고등학교 담임 선생님이 될 줄은 미처 몰랐다. 우리는 목이 꺾인 채 대학로 뒷골목 허름한 민속주점에서 선생님이 부어 주는 소주를 받아 함께 마셨다.

"기죽지 마라."

선생님도 졸지에 감봉 처분을 당한 현실이 믿기지 않는지 착잡한 얼굴로 자신의 술잔에 술을 채웠다.

"자, 마시고 힘내자!"

선생님은 평소에 하지 못했던 얘기를 맘껏 했다.

"우리 역사는 말이다, 젊은이들의 피에 너무 많은 빚을 져 왔다. 그 대가로 한발 한발 나아왔다고 해도 지나친 말이 아닐 거다. 4·19 때도 그랬고, 80년 5월에 광주에서도 그랬고……. 언젠가는 그 희생이 헛되지 않게 이 땅에 희망을 가져오겠지. 그리 되리라 믿어야겠지."

선생님이 그런 생각을 하고 있는 줄은 몰랐다.

1987년 새해를 맞았다고 기분 들떴던 것도 잠시, 며칠 만에 더 큰 일이 터졌다. 창기한테서 아침 일찍 전화가 왔다. 목소리가 이상했다.

"밤에 형이 잡혀갔어."

"……."

너무 놀라 입이 열리지 않았다. 가까스로 정신을 차리고서야 물을 수 있었다.

"왜?"

"그런 거 말 안 하고 그냥 잡아갔어. 엄마는 벌벌 떨고 아버지는 노발대발하고, 우리 집 지금 장난 아니다."

창기 목소리는 무겁게 가라앉아 있었다. 집이 발칵 뒤집히고도 남았을 거다. 창기네 아버지는 이런 일이 생길 줄 알았다고 길길이 뛰었을 게 틀림없다.

창기네 아버지는 평소에도 진기 형을 몹시 못마땅해 하는 것 같았다. 얼마 전 창기네 성북동 집에 놀러 갔다가 두 사람이 심하게 말다툼하는 걸 들은 적이 있다.

"정부를 비판하는 대학생 놈들은 다 쏴 죽여야 해."

"그게 자식 둔 아버지가 하실 말씀입니까? 제가 그래서 죽으면 좋겠어요?"

"그 꼴 당하기 싫으면 손 떼면 되잖아! 머리에 피도 안 마른 놈들이 이 나라가 어떻게 여기까지 왔는지 뭘 알아? 계엄 때리고 진압 안 했으면 80년에 벌써 저 위쪽에 넘어갔어."

"그 진압군이 무슨 짓을 했는데요? 아무 죄도 없는 사람들을 수도 없이 죽였어요. 총칼로. 그리고 정부 권력을 빼앗아……."

"그딴 유언비어를 믿어? 정신 빠진 놈!"

"아버지야말로 정신 차리세요. 저 때문에 국회의원 뺏지 못 단 거
만 원통해 하지 마시고요!"

"뭐? 이 자식이!"

차마 더 듣고 있을 수가 없었다. 형도와 나는 죄인처럼 창기 방에
서 나와 기어 들어가는 말로 인사를 하고는 두 사람 옆을 얼른 지나
그 집을 빠져나왔다. 그때 본 으리으리한 성북동 저택은 창기 아버
지의 무너지지 않는 철옹성처럼 뇌리에 남았다.

창기는 나중에 변명처럼 제 아버지와 형의 갈등 문제를 얘기해 주
었다.

"아버지는 근대양회라는 토건 회사로 자수성가하셨어. 배 안 곯
게 해 주면 되지 민주주의가 뭐 필요하냐고, 배부른 소리 마라는 양
반이지. 재산은 이제 웬만큼 됐다 싶으신지 그걸 바탕으로 정계로
진출하려고 하셨거든. 다음 총선에서 공천도 거의 확실했던 것 같
고……. 근데 형이 정부 비판하는 대학생 단체에서 활동하는 게 문
제가 돼서 아버지가 뜻을 접어야 했어. 지금이라도 형이 마음을 바꿔
먹으면 되겠지만 형이 그럴 리도 없고, 날마다 전쟁이지."

그런 진기 형이 더 큰 문제라도 일으킨 걸까? 밤중에 갑자기 들이
닥쳐 붙잡아 갔다니 나까지 덜덜 떨리려고 했다. 창기 아버지가 진
기 형 잡아간 자들이 누군지, 지금 어디에 잡혀가 있는지 알아보려고

백방으로 애를 쓰고 있다는데 쉽지가 않은 모양이었다. 정부 비판적인 학생들을 감시 관찰하는 정보 사찰 기관 사람들인 것만은 분명했다. 창기네 아버지처럼 돈도 많고 힘 있는 사람들과 가깝게 지낸 분도 그런 게 쉽지 않다는 사실이 의외였다.

창기와 형도랑 토론방에 둘러앉아 맥을 놓고 천장만 바라보았다. 사물패 연습은 진즉 밀쳐놓았다. 그걸 두드리고 칠 기분도 상황도 아니었다. 창기가 침묵이 답답한지 입을 열었다.

"내 생각엔 형이 여기 대학 연합회 활동한 것도 문제가 됐을 것 같아. 여기 임원도 맡고 있고, 우리 독서 토론도 지도하고 있었잖아."

나는 이해가 안 됐다.

"진기 형이 이거 하면서 잘못한 게 뭐가 있는데?"

"형의 활동들을 다 문제로 봤다는 거지. 무슨 의도로 한 거냐고, 다른 누군가에게 지시를 받아 어떤 목적이 있어 그런 게 아니냐고…… 형 방에서 책들도 다 뽑아 갔거든. 우리한테 읽어 보라고 했던 《아무도 미워하지 않는 자의 죽음》《어느 청년 노동자의 삶과 죽음》(당시 학생들이 사회 문제를 공부하며 많이 읽던 책) 그런 거 다."

"그런 책들도 문제면 이 나라 대학생들 다 잡아가야겠다야. 우리까지."

내가 불퉁대자 형도가 끼어들었다.

"무슨 트집이든 잡고 본다잖아. 일단 잡아가서 무슨 큰 지하 용공 조직이라도 있는 것처럼 뻥 튀겨 발표해서 사람들 겁먹게 만들고……. 대학생 있는 집들은 서너 집 건너 이런 일 겪고 있을 거다."

우리는 더 말하기가 싫어졌다. 침묵이 다시 길어지는가 싶을 때 갑자기 토론방 문이 부서져라 열리며 세연이가 뛰어들어 왔다.

"말표가 그런 거래!"

말표? 진기 형이 대학생 연합회 동료라며 인사시켰던 왁스 얼굴 말표? 세연이가 듣고 와 전한 말로는 그 김문표가 경찰 끄나풀이었다는 거다. 대학생 신분도 가짜였다고 한다. 정보를 빼내기 위해 작정하고 회원으로 들어와 활동을 했다는 거다.

"말표가 프락치였다니!"

우리는 너무 놀라 얼굴이 굳어 버렸다.

"자꾸 정보가 새 나가서 이상하다는 생각을 했대. 진기 선배 잡혀간 거나 너네들 학교에서 교장이 알고 한바탕 시끄러웠던 거나 다 거기서 구멍이 났던 거래."

어쩐지. 교장 선생님이 우리가 한 활동을 구체적으로 아는 것 같아 이상하다 했더니. 그 인간 눈빛이 어째 처음부터 좀 께름하긴 했다.

"지도부 선배들이 아무래도 의심이 가서 일부러 가짜 정보를 만들어 흘려 봤나 봐. 거기에 딱 걸린 거지."

"그 새끼 어딨어?"

창기가 부들부들 떨며 자리에서 일어났다.

"죽여 버릴 거야."

창기 심정이 어떤지는 알 만했다. 오죽할까.

"벌써 꼬리 감췄대. 눈치가 장난 아닌 거 보니까 그런 일 전문 같아."

우리는 화도 나고 기도 막혀 아무 말도 못 했다. 사람이 무섭다는 생각이 처음으로 들었다. 우리야 그런 정도 문제로 인생 큰 탈 날 거 없지만, 진기 형이 지금 어디 잡혀가 있는지, 무슨 일을 당하고 있는지 하나도 모르는 거 생각하면……

"그 자식, 절대 용서 못 해."

형도 말에 나도 같은 심정이었다. 누군가가 이토록 증오스러워 본 건 처음이다.

진기 형이 잡혀간 지 이틀이 지났는데도 행방이 깜깜이었다. 피가 마르고 있을 창기네 가족들을 생각하니 전화를 걸 엄두도 나지 않았다. 창기는 저라도 어머니 옆에 있어야 할 것 같다며 집에 머물렀다. 형도와 세연이랑 힘 빠진 독서 토론을 억지로 이어 가다 셋 다 침묵에 빠지고 말았다. 얼마쯤 지났을까. 세연이가 갑자기 눈을 빛냈다.

"우리가 뭐라도 하자."

형도와 나는 눈으로 물었다. 뭘?

"진기 선배가 잡혀가서 어디 있는지 모른다고 함께 구해 달라고, 유인물이라도 만들어 사람들에게 알리는 거야. 그 정도는 우리도 할 수 있잖아. 어때?"

형도와 나는 눈이 번쩍 뜨였다.

"그거 좋은 생각인데!"

그런 글이라면 전직 기자 아버지를 둔 형도가 척척일 것 같았다. 세연이와 내가 동시에 쳐다보자 형도는 허둥거렸다.

"왜, 왜 날 봐?"

우리는 한목소리로 밀어붙였다.

"이런 거 쓰는 건 단연코 너지! 안 그래?"

형도는 우리를 실망시키지 않았다. 역시 유전자라는 건 무시할 게 아니었다.

우리는 흥사단 사무실에서 간사 일을 돕고 있는 장구 누나에게 부탁해 형도가 쓴 유인물을 넉넉히 복사했다. 절반가량은 흥사단 입구 계단에다 오르내리는 사람들이 가져갈 수 있도록 작은 돌멩이로 눌러 올려놓았다. 그것만으로도 긴장을 얼마나 했는지 나는 힘을 벌써 다 써 버린 듯 다리가 풀리려고 했다. 그래도 뭔가 한몫을 해 낸 것 같아 가슴은 좀 후련해졌다.

남은 절반은 혜화역 출구마다 하나씩 맡아 지나는 사람들에게 나눠 주기로 했다. 세연이가 남은 반을 셋으로 나누려다 형도와 나를 봤다.

"혼자 나눠 주긴 좀 그렇지?"

우리는 말없이 서로 바라보기만 했다.

"같이 움직이자. 조금씩 떨어져서 나눠 주면 되지 뭐. 1번 출구가 낫겠지?"

세연이는 떨리지도 않나? 나는 솔직히 좀 겁이 났다. 형도 얼굴도 잔뜩 굳어 있는 게 그리 달라 보이지 않았다. 우리가 유인물을 적당히 나눠 들고 건물 밖으로 나가려는데, 장구 누나가 사무실에서 달려 나오며 우리를 불러 세웠다.

"창기 군, 전화 왔어! 진기 군 집에 왔대!"

*

기뻐하긴 일렀다. 아니, 절대 기뻐할 수 없었다. 진기 형은 만신창이가 돼 있었다. 우리가 반갑고 걱정스러워 한달음에 성북동 저택으로 달려갔을 때, 맨 먼저 우리를 맞은 건 창기 아버지의 비통한 울음소리였다.

"내 자식을 누가 이렇게 해 놨어? 누가? 흑흑흑."

자신이 쌓아 온 콘크리트 철벽처럼 강고하기만 할 것 같던 창기 아버지가 금 가고 부서지고 깨진 모습으로 나약한 아비의 울음을 울고 있었다.

진기 형은 우리를 똑바로 보려고 하지 않았다. 우리가 방문을 열고 들어서는 소리에 흠칫 몸을 떨더니 방구석으로 슬몃슬몃 물러나며 몸을 웅송그렸다.

창기가 우리를 도로 몰고 집 밖으로 나왔다. 탈진한 채 누워 있다는 창기 어머니는 뵙지도 못했다.

"그냥 가는 게 좋겠다. 지금 형이 인사 나눌 정도가 아닌 것 같아."

그런 것 같았다. 진기 형 몸에 무슨 일인가가 있었던 게 틀림없었다. 우리는 아무 말도 못한 채 성북동 비탈길을 터덜터덜 걸어 내려왔다.

진기 형이 삼 일 만에나마 풀려나 집으로 돌아온 건 전날 밤인 1월 14일에 더 큰 사건이 터졌기 때문이라는 걸 집에 돌아와서야 알았다. 고문받던 대학생 하나가 숨진 것이다. 박종철이라는 서울대 언어학과 3학년 학생이었다.

경찰 책임자가 사건 경위를 발표했다. 고문은 안 했고, 진술을 받아 내려고 책상을 그냥 '탁' 쳤는데, 갑자기 '억!' 하고 죽었다는 내용이었다. 단순 쇼크사라는 얘기였다. 엄마가 방을 닦으며 뉴스를 같이 보고 있다가 그 소리를 듣고 텔레비전에 걸레짝을 집어 던졌다.

"으메, 징한 거. 말이 되는 소리여? 어쩌코롬 탁 친다고 사람이 죽어야? 저그들이 죽였으믄 죽였다고 혀야제! 사람들이 모를 줄 알어야. 그런 일 지금까정 숱하다고 성당 사람들이 다 그라던디!"

언제 일을 마치고 들어왔는지 아버지도 뒤에서 얼이 빠진 채 보고 있었다. 아버지는 끊겠다던 담배를 들고 아래로 내려가 밤이 깊어 갈 때까지 혼자 앉아 있었다.

사람들 움직임이 심상치 않았다. 당장 엄마부터 항의하는 사람들 모임에 시간 내서 가겠다 했고, 다음 날부터 어머니 단체들을 시작으로 항의 시위가 날마다 벌어졌다. 여러 종교 단체에서 다 들고일어났다. 신문에서도 이번에는 할 말을 숨기고 있지 않았다. 절절한 사설을 읽는데 가슴이 터지려고 했다.

뭘 감추려고 그랬는지 경찰은 유가족을 압박해 이틀 만에 화장을 치러 버렸다. 하지만 그 형이 숨진 걸 처음 본 진단 의사나 부검 의사나 사건 처리 담당 검사는 모두 보복을 각오하면서도 양심을 택했다.

'고문사입니다!'

폭행과 전기 고문, 물고문이 사망 원인이었다.

2월 7일 명동성당에서 추도 대회를 열겠다고 했다. 준비 위원회에서 여러 가지 동참 방법을 알려 주었다.

'오후 2시에 각자의 위치에서 추도 묵념을 올린다. 검은색이나 흰색 리본을 단다. 모든 자동차는 오후 2시에 추도 경적을 울린다. 모든 교회, 사찰 등에서는 이 시간에 추도 타종을 울린다.'

처음 9,782명이었던 준비 위원이 대회 전날 7만 2,674명으로 불어나 있었다. 사람들은 다 무언가를 준비하고 움직이는 것 같았다. 무엇이든 하려고 하고 있었다.

"우리도 가자."

내 말에 창기와 형도가 고개를 끄덕였다. 세연이는 물론이었다.

정부에서는 결코 대회를 허용하지 않겠다고 했다. 경찰과 전경들이 도시에 쫙 깔렸다. 길이란 길은 다 막아 버렸다. 조금만 의심이 되는 행동을 하면 곧바로 연행해 버렸다. 집에 가둬 놓을 수 있는 사람은 다 가둬 놓았다. 형도 아버지도 가택 연금 상태가 됐다. 알고 보니 형도 아버지는 정부를 비판하는 기사를 쓰다 해직된 이름난 언론인이었다. 형도가 굳이 말을 안 했던 거다. 아저씨는 그래도 꺾이지 않고 여전히 열심히 글을 쓰고, 다른 동료들과 새로운 활동을 계획하고 있다고 했다.

"이제는 언론에 있는 사람들도 가만있지 않고 움직일 것 같대."

형도는 제 아버지가 자랑스러운 듯했다. 친구 아버지지만 멋져 보였다. 우리 아버지는······.

내일 보자고 하고 집에 돌아오자 아버지가 일찍 일을 끝내고 들어와 있었다. 아버지는 엄마가 팔고 남은 단팥빵을 안주 삼아 혼자 소주를 마시고 있었다. 아직 음주계를 조금밖에 모르긴 하지만 아무리 몰라도 단팥빵과 소주가 어울리는 조합은 아닌 것 같았다.

"안주가 뭐 그래요? 오이 같은 것도 없어요?"

아버지는 대답 대신 손짓을 했다.

"이리 와라. 아버지랑 한잔하자. 니도 친구들하고 술은 마셔 봤을 거 아녀. 그래도 술은 어른하고 마시면 더 깊은 맛이 나는 것이여."

담임 선생님하고 먼저 마셔 봤다는 얘기는 안 했다. 나는 술잔 하나를 찾아 들고 아버지 앞에 가 앉았다. 아버지가 병을 기울여 술잔을 채웠다.

"······니는, 아버지가 꽉 맥힌 것 같제?"

무슨 말을 하려고 서두가 이렇지?

"니한텐 입때꺼정 말을 안 했다만, 니 열 살 때 우리가 뭐 땀시 여그로 갑자기 올라왔는지 아냐?"

나는 어리둥절해서 고개를 흔들었다.

"그 일 때문이여."

그 일? 무슨 뜻인지 몰라 눈을 들어 아버지를 보았다.

"너그들은 방 안에 꼼짝 못 허게 붙잡아 뒀다만, 내랑 니 엄마는 험한 꼴 다 봐 버렸어야."

"험한 일이라는 게……?"

아버지는 내가 뭘 물으려는지 안다는 듯 고개를 끄덕였다.

"무서서 쪼매도 더 못 있겠더라. 더 있다가는 내 식구 내 새끼들도 다 우째 될 것만 같고……. 비겁허게 도망 온 것이여. 여그는 원체 큰 도시니까 입 닫고 눈 닫고 살믄 어찌 알겠어. 밥은 못 먹겠나, 이래 생각하면서……."

그러고 보니 이리 이사 오기 전에도 이사를 한 번 더 했던 기억이 난다. 칠 년 전, 아버지 말처럼 열 살 때가 맞다. 그때 우리는 광주 외곽에 살았다. 나는 왜 그걸 한동안 잊고 있었을까. 아버지에게는 잠시도 머릿속에서 떠나지 않고 있었던 모양이다.

"내는 군인들이 무서웠시야. 총칼 들고 암것도 겁 안 내던 그 사람들……. 저 무도한 총칼을 어찌 이긴다냐. 우리는 절대로 못 이겨야, 못 이겨야. 이 생각이 들믄서, 요새 맘이 을마나 조마조마한지……."

나는 아버지를 짓눌렀을 공포의 무게를 조금은 짐작할 수 있었다. 겪은 일과 겪지 않은 일이 똑같을 수는 없을 거다. 나는 잠자코 아버지 잔에 술을 따랐다.

"내일, 두 시라고?"

뭔 말인가 하고 멀뚱히 아버지를 봤다.

"경적 말여. 차들 한꺼번에 다 같이 울리기로 했담서."

"아아, 맞아요. 두 시."

내가 끄덕이자 아버지는 머쓱한 표정을 애써 지우며 혼잣말로 중얼거렸다.

"안 까묵어야 쓸 건디……."

*

날이 밝자 아침부터 공기가 심상치 않았다. 마음속에서 둥둥 북이 울렸다.

"오늘 나도 갈 거야."

지선이가 일찌감치 나서는 엄마 성당길에 따라붙었다. 엄마가 내게 눈길로 물었다. 너는?

"난 친구들하고 갈게."

하지만 우리는 성당 안으로 들어가지 못했다. 모든 길이 폐쇄됐고, 그 바람에 도처에서 싸움이 벌어졌다. 추도 대회인 만큼 비폭력 평화 시위의 원칙을 지켜 달라는 준비 위원회의 요청을 사람들은 비교적 잘 따랐다. 두 시가 되자 여기저기서 사람들이 멈춰 서며 묵념을 올렸다. 어디선가 타종 소리가 들렸다. 차량들에서 일제히 경적이 울렸다. 나는 그 가운데 있을 아버지 택시의 경적 소리를 생각했다. 내가 빙그레 웃자 아이들이 왜냐고 물었다. 대답하고 싶지 않았다.

"싱거운 자식."

형도 말에 다시 웃어 주었다.

이제 사람들의 염원은 더욱 뚜렷해져 있었다. 이런 일을 또다시 안 겪으려면 우리 손으로 우리의 대표를 뽑아야만 한다! 체육관 안에서 대의원들 간접 투표로 이뤄지는 지금의 대통령 선거를 국민들의 직접 투표로 바꾸어야만 한다! 직접 선거제로 헌법을 고치라는 개헌 요구가 들끓기 시작했다. 그 얘기가 지금 시작된 건 아니었다. 하지만 이제는 더 이상 걷잡을 수 없이 거세졌다. 곧 이어진 3월 3일 고문 추방 평화 대행진 때도 이 요구는 더욱 커져 있었다. 어머니들이 전경들에게 꽃을 쥐어 주었다. 헬멧에 꽂아 주기도 했다. 다 같은 대한민국의 자식들, 아들들이란 뜻 같았다. 폭력을 쓰지 말아 달라는 당부이기도 한 것 같았다.

군사 정부는 국민들의 직접 선거 요구를 일거에 묵살했다. 4월 13일, 신군부 세력을 이끌고 무력으로 집권했던 통치자 전두환 대통령은 어떤 헌법 개정 논의도 허락하지 않는다는 4·13 호헌 조치를 발표했다.

하지만 그건 오판이었다. 이제 국민들은 더 이상 예전의 그 주눅 든 모습이 아니었다. 세게 누르면 겁먹고 고분고분해질 줄 안 건 오만한 독재자의 착각이었다.

"국민들 손으로 뽑겠다니까 겁이 나는가 보네잉. 그러코롬 막아 불면 더 시끄러버지제."

엄마 말처럼 전국 각지에서 시위가 더 거세졌다. 대학마다 학생들이 들고일어나고 교수들도 가만히 있지 않았다. 종교계, 시민 단체, 재야 인사 들은 말할 것도 없었다. 농민들은 물론이고 노동자들이 전국 전 지역에서 대대적으로 움직이기 시작했다. 고등학생들도 시위에 뛰어들었다. 학교별로 조직을 만드는 곳들이 빠르게 늘어났다. 우리 학교는 물론 세연이네 학교도 거기에 들어 있었다.

"너네도?"

세연이는 물론이라며 고개를 끄덕였다. 내놓고 제 자랑은 안 했지만, 중심에 서서 그 일을 도맡아 추진했을 게 틀림없었다.

"너지? 앞장선 거."

형도가 불쑥 물었을 때 세연이는 아니라고 안 하고 씩 웃기만 했다.

5월 18일 저녁에 명동성당에서 천주교 정의 구현 사제단이 주최한 '광주 민중 항쟁 7주기 미사'가 열었다. 미사를 집전한 김승훈 신부가 놀라운 사실을 발표했다. '박종철 학생 고문 사망 사건'이 축소되고 조작되었다는 거였다.

"고문치사를 저지른 경관은 먼저 구속된 낮은 직급 두 명이 아닌 다른 상급 경관 세 명입니다. 정부는 국민을 속였습니다."

그 성명서는 사람들 분노에 기름을 부었다. 5월 말, 민주 헌법 쟁취 국민 운동 본부가 출범을 했다. 6월 10일 '박종철 군 고문 살인 조작·은폐 규탄 및 호헌 철폐 국민 대회'를 개최하겠다고 선포했다.

하루 전날인 6월 9일, 연세대 학생들은 '범연세인 총궐기 대회'를 먼저 열었다. 이 대회에서 학생들이 교문 앞까지 진출하자 길 건너편에서 경찰들이 마구잡이로 최루탄을 쏘았다. 미처 피하지 못한 학생 하나가 그만 직격탄을 맞았다. 경영학과 3학년 이한열 학생이었다. 의식을 잃고 쓰러지는 그 형을 옆에 있던 친구가 놀라 급히 부축했다.

"한열아!"

다른 친구들도 황급히 다가와 형을 함께 부축하며 서둘러 그 자리를 벗어났다. 숨 쉴 틈 없이 퍼부어 대는 최루탄 가스의 뿌연 연기 속에서도 한열이 형의 상태는 심상치 않아 보였다. 이마를 타고 피가 흘러내렸다. 형의 눈동자는 벌써 먼 곳으로 가고 있었다.

이 소식과 함께 우리는 6월 10일을 맞았다.

"사람한테 바로 쏜 건 직접 죽인 거나 매한가지다."

담임 선생님은 손이 떨려 칠판 글씨를 똑바로 쓰지 못했다. '유언

비어' 운운하는 교장 선생님의 방송 훈화에는 아무도 귀 기울이지 않았다.

6월 10일은 공교롭게도 정부 여당인 민정당에서 전당 대회를 열어 다음 대통령 후보를 지명하는 날이기도 했다. 텔레비전에서는 노태우 후보가 다음 여당 대통령 후보로 지명 선출되는 모습만을 줄기차게 보여 주었다.

사람들은 거리로 쏟아져 나와 분노를 터뜨렸다. 우리도 학교를 마치자마자 시위가 예정돼 있는 종로로 나갔다. 종로 거리는 온통 경찰이 깔려 삼엄한 검문검색을 하고 있었다. 닭장차라고 비아냥대던 전경 버스가 길들을 다 막아 빠져 지나가기도 힘들었다.

"어휴, 여기는 왜 이래? 다른 데로 가 보자."

우리는 더 걸어 퇴계로 쪽으로 올라갔다. 기다렸다는 듯이 여기저기서 시위가 시작됐다. 방금 지나온 종로 쪽에서도 큰 소리가 들렸다. 시위대는 금방 불어났다. 우리는 도로 한가운데로 뛰어들어 구호를 외칠 용기는 없었지만, 인도에 서서 응원 박수를 치고 주먹을 흔들어 주었다. 그것만으로도 기분이 울컥울컥했다. 여섯 시가 되자 통제하지 않은 도로 쪽 차량들에서 일제히 경적 소리가 울렸다. 달리는 차 안에서 흰 손수건을 흔드는 사람들도 보였다. 회사 건물에서 창밖으로 내다보며 흰 손수건을 흔들거나 박수를 치는 사람들도 많았다. 그 아저씨들이나 누나들은 처음에는 그냥 나와 옆에서 박수만 치더니 어느새 시위대 안에 뒤섞여 있었다. 넥타이를 맨 아저씨들 목소리는 우리보다 훨씬 우렁찼다.

"호헌 철폐! 민주 쟁취!"

시위대가 더 불어나는가 싶더니 갑자기 뒤에서 사람들이 확 밀려
왔다. 최루탄 쏘는 소리가 포탄 터지는 소리처럼 들리기 시작했다.
사람들 아우성과 비명 소리가 뒤섞였다. 최루탄이 우리 발치 앞으로
미구 떨어졌다.

"피해!"

우리는 엉겁결에 시위대에 휩쓸려 뛰기 시작했다. 경찰은 무슨 작
심을 했는지 적당히 그치지 않고 집요하게 최루탄을 쏘아 댔다. 구
토와 기침을 하며 여기저기서 주저앉는 사람들 틈으로 흘깃 돌아보
니 백골단이라고 부르는 하얀 헬멧 경찰들이 쫓아오고 있었다. 고
등학생이라고 봐줄 것 같지가 않았다.

"야, 빨리 뛰어! 잡히겠어!"

우리는 젖 먹던 힘을 다해 쫓기는 시위대 뒤에 더 바짝 따라붙었
다. 사람들이 어딘가로 뛰어 들어가며 함성 지르는 소리가 들렸다.

"헉! 헉!"

사람들이 멈춰 서며 숨 돌리는 낌새에 우리도 그 자리에 서서 가쁜
숨을 몰아쉬었다.

"여기는 어디냐?"

창기가 두리번거리며 묻는 말에 고개를 들어 둘러보았다. 명동성
당 정문 안에 우리가 들어와 있었다.

"어? 여길 왜……?"

내가 중얼거리는데 가까이 있던 대학생 형 하나가 소리쳤다.

"경찰이 성당 안으로는 들어오지 못하고 있습니다!"

경찰들은 정말 성당 안까지는 쫓아 들어올 엄두를 못 내고 정문 바깥쪽에만 빽빽이 둘러서서 이쪽을 노려보고 있었다.

"저들이 물러가지 않으면 우리는 여기서 단 한 발자국도 움직이지 않을 것입니다. 여러분! 이 시간부터 우리 농성에 들어갑시다!"

"헉."

나는 난감한 얼굴로 창기랑 형도를 보았다. 진기 형 일도 있는 참이라 창기 얼굴은 더 난감해졌다. 창기까지 이런 일에 얽혀 든 걸 알면 창기 아버지가 뭐라 하실지 내가 다 걱정이 됐다. 이렇게 얼결에 농성 시위에까지 끼게 될 줄이야.

그래도 역시 창기는 배포가 있었다.

"할 수 없지 뭐, 어차피 이렇게 된 거. 몇 시간 있으면 어떻게 되겠지."

농성은 몇 시간으로 풀리지 않았다. 무려 5일 동안 계속됐다. 경찰은 물러가지 않았고 시위대도 물러서지 않았다. 시위대는 8백 명이나 됐다. 소속별로 시위대가 나뉘어 단체로 움직였다. 주로 대학별로 나누어지는 것 같았다.

앞에서 지휘하던 대학생 형들이 우리에게 물었다.

"너네는 뭐야?"

"저희도 학생인데요. 고등학생."

형들 눈이 휘둥그레졌다. 그 얘기를 전하자 시위대에서 환호 소리가 들렸다.

"오, 오! 환영! 싹수가 보이는 아우들!"

그런데 시위대가 모두 학생은 아니었다. 8백 명 중 학생은 5백 명, 노동자 26명, 일반 시민 150명, 생활 형편 어려운 사람도 80명이나 됐다. 그리고 고등학생인 우리 3명이었다.

나중에야 알았지만 그날은 다치거나 연행된 사람도 많았다. 3,831명이나 됐다고 한다. 경찰 진압이 워낙 거칠었던 탓이다. 시위대도 굉장히 끈덕졌다. 사람들은 이제 물러서지 않으려 했던 거다.

성당은 출입이 통제됐다. 엄마가 성당 정문을 붙들고 애를 태우다 가고, 세연이도 제 친구들과 교복 차림으로 꽃 한 송이씩을 높이 흔들고 갔다. 담임 선생님도 먼발치서 우리를 보고 갔다. 담임 선생님은 계속 헛웃음을 웃었다. '너희들 이런 사고를 칠 줄은 몰랐다'는 표정이었다. 미처 예상치 못한 허를 찔린 얼굴이었지만 어째 기분은 괜찮아 보였다.

더워지는 초여름에 농성이 길어지면서 씻지도 못하고 먹을 게 없어 거지꼴이 따로 없었다. 그래도 시위대 형들은 지치지도 않고 토론하고 노래하고 구호를 외쳤다. 어디서 그런 힘들이 나오는지 눈들은 여전히 반짝거렸다.

'배고파…….'

우리는 입에서 그 말이 나오려다가도 형들이 "어린 너네까지 고생이다." 그러면 얼른 "아니요!"로 바뀌었다.

경찰이 성당 안으로 진입하려고 해 잠시 긴장 분위기가 치솟았지만, 김수환 추기경이 나서서 한마디로 상황을 정리했다.

"저들을 붙잡아 가려면 나를 먼저 밟고 가시오. 그 뒤에 서 있는 사제들도 밟고 가시오."

정문 밖에서는 근처에서 일하거나 살고 있는 직장인, 주민들이 응원 격려 성명서를 갖다 붙이기도 하고 격려 성금을 모금하기도 했다. '6·10 국민 대회'는 하루로 안 끝나고 예상치 않게 명동성당 농성으로 이어지며 이렇게 계속 불을 지피고 있었다. 이 불은 6월 26일 전국적인 대규모 시위로 번지면서 6월 항쟁의 불길이 제대로 타올랐다.

'4·13 호헌 조치'를 철회하고 '6·10 국민 대회' 구속자들을 풀어 주라는 등의 야당 대표 요구가 받아들여지지 않자, 국민 운동 본부는 6월 26일을 '민주 헌법 쟁취 평화 대행진'의 날로 선포했다.

6월의 마지막 일요일인 6월 26일, 그렇게 많은 사람들이 시위에 참가한 건 아마도 '3·1 만세 운동' 뒤 처음이었을 거다.

시민들은 구호와 함께 거리를 가득 메웠고, 여기저기서 대중 집회를 열어 토론을 벌였다. 최루탄과 화염병이 공방전을 벌이기도 했지만 금세 시민 대오에 에워싸이면서 전투 경찰들이 무장 해제되기도 했다. 누군가가 연행될 기미만 보이면 사람들이 아우성을 치며 빼냈다. 직장인들은 제대로 '넥타이 부대'가 되어 스크럼을 짠 채 구호를 외치기도 하고, 행진을 벌이기도 했다.

전국 34개 지역에서 2,145회나 시위가 벌어졌다. 2백만 명이 한목소리로 외쳤다.

"독재 타도! 민주 쟁취!"

이날 역시 3,467명이나 연행되고, 그에 앞서 군 투입설까지 나돌았지만, 사람들은 이제 두려워하지 않았다. 1987년 6월의 사람들은 이제 더는 과거의 사람들이 아니었다.

6월 29일, 전두환 정권은 노태우 민정당 대통령 후보 입을 빌려 결국 항복 선언을 발표했다. 직선제 개헌과 평화적 정부 이양, 대통령 선거법 개정, 야당 대표 김대중의 사면 복권 등을 주요 내용으로 하는 시국 수습을 위한 8개 항의 '6·29 선언'이었다.

"이겼다! 국민이 승리했다! 민주주의 만세!"

교실이 떠나갈 것 같았다. 우리는 얼싸안고 둥둥 춤을 추었다. 담임 선생님이 안경 너머로 울고 있었다.

거리는 기쁨의 물결로 가득 찼다. 꽃을 나눠 주는 사람, 공짜로 차를 대접하는 사람, 술을 나눠 주는 집, 음식을 내놓는 집…… 여기저기서 항복 선언을 알리는 호외가 나부끼고, 사람들은 그걸 손에 손에 들고, 보고 또 보며 웃고 웃었다.

엄마랑 아버지는 몇 번이고 같은 말을 되뇌었다.

"이제 진짜로 우리 손으로 대통령을 뽑는단 말이제?"

의식을 잃은 채 버티던 이한열 형은 7월 5일 숨을 거두었다. 4·19 때의 김주열 학생 죽음 뒤 최루탄이 또 한 번 젊은 청년의 생명을 앗아간 것이다. 세상이 바뀌기에는 한 사람의 생명으로는 부족하기라도 한 걸까. 1987년 시작과 함께 박종철 형을 데리고 가더니 여름이 되자마자 또 한 사람 이한열 형을 데리고 가 버렸다.

7월 9일 이한열 형의 장례식 노제가 서울광장에서 열렸다. 창기랑 형도, 세연이와는 우리 가게에서 미리 만나기로 했다. 천만다행이었다. 아니었으면 이산가족처럼 못 만난 채 애만 태웠을 거다. 서울광장은 바늘 꽂을 틈도 없었다.

"이렇게 많은 사람들이 나온 건 평생 처음 봐."

세연이 말에 엄마가 대꾸했다.

"느그들 두 배도 더 산 나도 처음 봐야."

세연이 웃음에 창기와 형도가 키득키득 따라 웃었다. 그러다 곧 다들 웃음을 그쳤다. 너무 일찍 져 버린 젊음, 우리보다 겨우 몇 살 더 산 형 하나를 멀리 떠나보내는 날이었기 때문이다.

사람들 행렬이 서서히 움직이기 시작했다.

"우리도 이제 나가 볼까?"

"그래, 그러자."

우리는 가게 밖으로 나가 사람들 행렬 속으로 섞여 들어갔다. 거

대한 인파의 물결 속에 우리 넷은 기꺼이 작고 작은 물방울들이 되었다. 7월의 해가 이글거렸다. 6월에서 이어진 7월의 거리는 더 뜨겁고 간절했다.

2017년은 1987년 6월 항쟁이 30돌을 맞는 해이다. 뜻 깊고 가슴 벅찬 일이다. 6월 항쟁은 부당하고 거짓된 권력에 맞서 온 국민이 힘을 합쳐 싸워 이긴 자랑스러운 역사이다. 4·19 혁명에 이어 다시 한 번 이 땅에 참된 민주주의의 씨앗을 널리 퍼뜨린 승리의 걸음인 것이다.

시민들과 대학생들이 주를 이룬 6월 항쟁에는 수많은 고등학생들도 참여했다. 6월 항쟁을 증폭시킨 명동성당 농성이 끝났을 때 해산 인원 가운데는 고교생도 세 명 포함되어 있었다. 이 기록 자료를 보자 원고 속의 인물들이 움직이고 말을 하기 시작했다. 기꺼이 주인공들이 되어 준 것이다.

6월 항쟁 기간 전반에 걸쳐 고교생들은 대학생 못지않은 적극성과 진지함으로 시위에 참여하고 이끌기도 했다. 그런 참여 열기는 6월 항쟁 이전부터 각 고교들의 학내 민주화 요구로도 확산되고 있었고, 항쟁 이후에는 전국 고교생 조직을 만들어 보려는 시도로도 이어졌다.

사회 각계에서는 낡은 것을 벗고 새로운 사회를 만들려는 힘찬 노력들이 많이 생겨났다. 6·29 항복 선언으로 시민 혁명이 승리로 귀결되자 곧이어 7·8월 노동자 대투쟁이 전국에서 불붙기 시작했다. 노동자들이 권리와 인간다운 삶을 쟁취하고자 노조들을 속속 결성하고 파업 투쟁들을 벌여 나갔다.

9월에는 교육 민주화와 참교육 운동을 펼치려는 전국교사협의회가 생겨나 2년 뒤 전교조로 나아갔다.

6월 항쟁 이듬해인 88년 5월에는 참된 언론의 필요성을 절실히 바라는 수많은 국민들의 열의에 힘입어 국민 주주 신문이 태어났다. 권력의 시녀 노릇을 하며 국민들의 눈과 귀를 가리기에 급급했던 언론의 모습을 반성하며 수많은 언론 노조들도 생겨났다.

끔찍한 고문 악행을 저질렀던 범죄자들을 밝혀내 처벌하려는 움직임도 활발해졌다. 박종철 고문 사망 사건을 숨기고 축소시키려 했던 경찰 총책임자는 1988년 1월 결국 옷을 벗었다. 1987년에는 교묘하게 처벌을 피했지만, 당시 부검의였던 국과수 과장의 양심선언으로 모든 게 밝혀졌기 때문이다.

그러나 당시의 다른 많은 고문 사건들과 의문사 사건들은 제대로 밝혀지지 못하거나 미흡한 처벌로 흐지부지 묻혀 버렸다.

1980년 5월 광주 항쟁을 무력으로 진압하고 수많은 목숨을 빼앗았던 신군부 집단의 전두환 전 대통령은, 1987년 6월 항쟁이 일어난 지 10년 뒤인 1997년에 내란 목적 살인죄 등으로 재판에 회부되어 동료 노태우 전 대통령과 함께 사형을 선고받았다. 하지만 두 사람 모두 8개월 뒤 두루뭉술한 정치 상황을 틈타 사면으로 풀려 나왔다.

다시 20년 뒤, 바로 올해인 2017년. 전두환 전 대통령은 모든 진실을 뒤집는 회고록이라는 걸 들고 다시 우리 앞에 나타났다. 광주 학살 책임자인 그가 자신은 잘못이 없다며 스스로를 '씻김굿의 제물' 운운하는 내용이란다. 감히 할 수 없는 말이다. 악의 뿌리는 이리도 끈덕지고, 올바른 역사를 세우기란 이토록 지난하다.

그렇기에 사회 변혁의 뜨거운 열기와 그 힘찬 결집에도 불구하고 1987년 12월 첫 직선제 투표 대통령 선거는 무참한 패배로 끝나고 말았다. 강력한 야당 후보 김대중, 김영삼 두 정치 지도자의 양립 속에 전두환 신군부 정권의 일원이자 후계자인 노태우 후보가 당선 집권하게 되었던 것이다. 민주 세력과의 대립 갈등은 지속되고 더 심화될 수밖에 없었다.

정치 변혁까지 다 이루기에는 민주화 역량이 아직 충분하지가 않았던 것이다. 겨우 직접 민주주의 대통령 선거 투표를 처음으로 해 본 것뿐이었다. 그리고 2017년, 그 과제는 이 땅에 다시 주어졌다.

그 뜨거웠던 6월을 함께할 수 있어서 행복했고, 2017년 촛불 항쟁 광장을 다시 떠올리며, 여기까지 이끌어 와 준 젊은 넋들에게 깊이 고개를 숙인다.

내 친구 종현
주원규

내 친구 종현의 이야기를 해 보겠다.

종현과 나는 중학교 2, 3학년을 함께 다녔다. 함께 학교를 다닐 땐 친하게 지냈지만 학교가 다른 고등학교 시절엔 친하게 지내기 어려웠다. 몸이 멀어지면 마음도 멀어진다 누가 그랬던가. 여하튼 그랬다.

그럼에도 내가 종현의 이야기를 하려는 이유는 분명하다. 중학교 2학년 때의 겨울과 3학년으로 올라온 그해 여름 방학 때의 일이 잊히지 않기 때문이다. 생각해 보면 그때 기억들이 마냥 즐거운 추억으로만 남아 있진 않다. 오히려 기억하고 싶지 않은 일이란 게 맞을지도 모른다. 그렇지만 내 마음속에 한 가지 선명해지는 게 있다. 기억해야만 한다는 것, 그 생각은 분명 의미 있는 추억이란 결론이다.

그건 뭐랄까. 나와 내 친구 종현의 사이가 남들보다 더 친해서 그런 것만은 아니다. 앞서 말했듯 나와 종현은 물론 친하지만 학년마다 친한 친구들은 있기 마련이다. 나와 종현 사이에 맺어진 기억은 친한 친구 사이의 우정 그 이상이 있는 것이다. 그래서 한번 기억해보려 한다. 나와 종현의 중학교 때 이야기를.

먼저 1997년의 겨울, 우리의 중학교 2학년 겨울 방학을 앞둔 때로 돌아가자.

*

1997년 11월 22일. 많이 춥지도, 확실히 따뜻한 것도 아닌 겨울날 밤이었다. 그날 나는 종현의 집에 놀러 갔다. 우리는 서로의 집에 잘 놀러 가곤 했다. 같은 아파트에 살고 있어 더욱 그랬다. 종현은 102동, 내가 사는 곳은 108동이었다.

그날, 종현의 집을 찾은 건 그냥 놀러 간 것과는 달랐다. 특별한 이유가 있어서였다. 11월 22일, 그날은 종현의 생일이었다. 내 생일은 봄, 종현의 생일은 겨울이다.

종현을 만나고 처음 있는 생일 파티라서 그런지 난 신경 써서 선물을 준비하고 싶었다. 고민하고 고민하다 결국 고른 게 자동차 장난감이었다. 중학생이 아직도 장난감이냐 하며 놀릴지도 모르겠다. 하지만 잘 모르고 하는 말이다. 자동차 장난감은 나와 종현에게 특별한 의미가 있다. 종현 아빠와 우리 아빠는 한 회사를 같이 다녔다. 우리가 사는 울산에 위치한 자동차 부품 만드는 회사였다. 두 아빠는 같은 현장에서 일을 했다. 종현 아빠는 기계 점검, 우리 아빠는 기계 생산. 직함도 두 분 모두 주임이었다. 나와 종현은 한 번은 종현 아빠, 또 한 번은 우리 아빠를 따라 두 아빠가 일하는 공장에 놀러 가곤 했다. 엄청나게 큰 공장 안에 커다란 기계들이 자동차 외관에 들어가는 부속품 만드는 모습을 직접 봤을 때였다. 그때 나와 종현은 입을 다물지 못했다. 우리가 직접 눈으로 본 도로를 달리는 자동차들이 만들어지는 모습을 보니 신기한 마음만 가득해졌다.

그때의 기억들 때문일까. 나와 종현은 그 후로 자동차에 대한 관심을 서로 나눴다. 차종에서부터 자동차의 원리, 자동차 장난감을 직접 분해, 조립해 보며 시간을 보냈다. 그리고 누가 먼저랄 것도 없이 다음과 같이 결심했다.

'우리 크면 아버지 회사에 함께 다니자. 자동차를 만들자.'

그렇게 자동차 장난감 선물을 들고 종현의 집을 찾았을 때였다. 음식을 준비하느라 바쁜 엄마, 종현이 훅 하고 생일 초를 끄면 박수치고 노래 불러 줄 준비를 하던 누나, 늘 뒤늦게 들어와 서둘러 세수하고 종현에게 '생일 축하해'라고 말해 줄 아빠가 기다리고 있는 다른 때와 다르지 않은 평범한 겨울밤이었다.

그런데, 그날 한 가지가 달랐다. 텔레비전 전원이 켜져 있었다. 생일 초를 켜야 하는 시간인데 그 시간이 늦춰졌다. 회사에서 돌아온 종현 아빠가 심각한 표정으로 텔레비전 화면에서 눈을 떼지 않았다. 종현 엄마, 누나도 마찬가지였다. 나와 종현도 아빠의 심각한 얼굴을 힐끔거리며 함께 텔레비전을 봤다. 텔레비전에는 경제 부총리란 직함을 가진 양복 입은 남자가 나와 뭔가를 발표했다. 심각한 표정이었다. 화면 자막에는 '한국, IMF 긴급 구제 자금 신청'이란 글이 반복되었다.

'외환 보유고가 70억 달러밖에 남지 않았습니다. 돈을 빌릴 수 있는 길이 모두 막혀 버렸습니다. 더 이상 버티기가 어렵다는 판단 하에 정부는 오늘 IMF에 구제 금융을 요청하게 되었습니다.'

*

"종현아."

"왜? 지금 말해야 돼?"

"그래, 지금이 아니면 안 될 것 같아서."

"한참 재밌어지는데 할 수 없지. 그래도 친구가 묻는데. 말해 봐."

"아이엠에프가 뭐야?"

종현의 생일로부터 한 달이 지난 뒤였다. 그사이 대통령이 바뀌었다. 크리스마스가 다가왔다. 종현과 나는 겨울 방학 내내 붙어 있었다. 다른 때보다도 더 붙어 지낸 것으로 기억한다. 함께 오랜 시간을 보낸 이유 중 가장 중요한 게 있다. 종현의 생일 이후로 분위기가 영이상해진 것이다.

겨울 방학이 되면 그래도 한두 번쯤은 놀이동산을 가거나 스케이트장을 가곤 했다. 그게 종현이네 가족과 우리 가족의 겨울 풍경이었다. 그 익숙한 겨울 풍경이 그해 겨울엔 없었다. 또 한 가지, 종현 아빠와 우리 아빠가 저녁만 되면 집에 모여 대책 회의를 하는 일이 잦아졌다. 주로 회사 지속에 관한 일이었다. 그 와중에 이상한 일도 벌어졌다. 두 아빠가 모이는 집에 우리가 같이 있는 경우 아빠들은 우리에게 다른 곳에 가서 놀라고 말했다. 그건 아마 자신들의 이야기를 듣지 못하게 하려는 것 같았다. 거기에 하나 더, 엄마들 사이에도 공통점이 생겼다. 두 엄마가 차려 주는 반찬도 시간이 갈수록 하나둘씩 줄어들었다. 반찬 투정을 할 사이도 없었다. 자연히 외식도 불가능해졌다. 용돈은 반 토막 났다. 그해 겨울은 그랬다.

그해 겨울, 위축된 마음을 느낀 건 나와 종현만이 아니었다. 울산에 있는 우리 학교 아이들 아빠들의 대부분은 자동차 관련한 공장에 다닌다. 단지 방송 한 번 한 것뿐이다. 뉴스에서 경제 위기 뭐뭐 하며 말하는 것뿐이었다. 그게 아빠들과 내 친구에게 이 정도의 영향을 주리라곤 생각하지 않았다. 그런데 아빠들의 표정이나 행동이 심상치 않다. 아침 출근 시간, 함께 모여서 올라타던 출근 버스 정류장 앞에 선 아빠들은 버스에 올라타지 않았다.

아빠들이 심각한 이야기를 나누곤 했다.

"자네 회사는 괜찮아? 우린 벌써부터 잔업 없어졌어."

"지금은 재고가 남아 괜찮을 것 같지만 겨울 지나면 생산 라인이 아예 중단된다는 소문이 있어."

"이러다 진짜 우리 모두 길바닥에 나앉는 거 아니야? 뭐든 해야 하는 거 아니냐고?"

"어음도 다 막히고, 은행에선 추가 대출도 완전 틀어막았대. 이대로 가다가는 모두 주저앉을지도 몰라."

"서울의 강남 부자들은 재산 정리하고 이민 간다는데……. 제기랄, 우린 그럴 만한 능력도 없고. 애들을 앞으로 어떻게 키워?"

종현은 내가 IMF란 말을 꺼내기 전까지는 텔레비전에 빠져 있었다. 종현과 나의 취향은 확실했다. '서태지와 아이들'. 이 말 한마디면 모든 게 끝이다. 그해, 젝스키스도 화려하게 데뷔하여 우리의 관심을 끌긴 했다. 하지만 우리는 의리를 지켰다. 1집 〈난 알아요〉로 가요계를 지배한 서태지가 꺼낸 두 번째 앨범 〈하여가〉는 정말이지 세월이 지나도 그 인기 영원하리였다.

나는 서태지를, 종현은 양현석을 맡았다. 맡았다는 게 두 뮤지션의 흉내를 내는 거였다. 나는 서태지가 항상 착용하는 무테 안경을 썼고, 종현은 대체 어디서 구했는지 양현석이 습관처럼 큰 머리에 쓰던 빵모자를 눌러쓰고 이들의 춤을 따라했다. 울산에 살고 있는 우리 둘, 특히나 남학생 둘이 서울까지 올라가 서태지와 아이들 공연을 구경하기엔 역부족이었다. 우리가 선택한 유일한 방법은 음악 방송을 통해 서태지와 아이들의 라이브 공연이나 뮤직 비디오 시청하는 게 전부였다.

그날도 그랬다. 종현이 양현석이 추던 춤을 따라하려고 일어섰다. 그때, 나는 분위기 파악 못하고 IMF를 묻고 말았다. 평소 같으면 다혈질 성격인 종현이 화를 낼 수도 있었다. 하지만 종현은 화내지 않았다. 이에 나는 반복해서 물었다.

"뉴스를 보느라고 보는데 잘 모르겠어."

정말 잘 몰랐다. 돈에 관한 이야기인 건 확실한데 IMF가 우리나라에 무슨 영향이 있는지. 종현이라면 잘 알 것 같았다. 종현은 모르는 게 없는 백과사전으로 통했다. 가끔 보면 같은 중학생이 맞나 싶을 정도다. 가뜩이나 외모도 늙어 보여 '직딩이다!' 해도 믿어 줬으니 말 다한 거 아닌가.

"나라가 돈 관리 잘못해서 국제 통화 기금을 빌린 거야."

"나라가 못 갚을 정도면 많은 돈을 빌렸나 봐?"

"많지. 어마어마하지."

"나라가 돈을 빌리고 만약에 못 갚으면 우린 어떻게 되는 거야?"

"글쎄."

'글쎄'란 말이 낯설게 느껴졌다. 종현의 입에서 '글쎄'란 말이 나온 건 처음이기 때문이다. 종현은 이내 답을 이었다.

"한 집안에서도 돈을 빌리면 고생하는 게 당연하잖아. 일단 빚을 갚아야 하니까. 그렇지?"

"그렇지."

"그런데 나라 전체가 돈을 빌렸다? 그럼 아마 집안에서 돈 빌린 것보다 못해도 백배 이상은 힘들지 않을까?"

백배 이상이란 말이 지나치다는 생각을 잠깐 했다. 하지만 종현의 그 말은 충분히 이해되었다. 엄청 심해질 것이다. 한 집도 빚을 지면 그 빚을 갚으려고 허리띠 졸라매는데.

"나라가 잘못해서 돈을 빌리긴 했는데…… 우리 아빠, 그리고 니네 아빠, 매일 열심히 일하시잖아. 너, 니네 아빠 땡땡이치는 거 봤어?"

"야, 어른한테 땡땡이가 뭐냐. 땡땡이가."

"쏘리. 어쨌든 봤어?"

"못 봤지. 아빤 우리가 학교 가기 전에 늘 한 시간 먼저 공장에 가셨잖아."

"그렇지? 그렇게 열심히 일했는데 왜 빚을 이렇게 많이 진 거지?"

"아빠가 돈을 빚진 게 아니라 나라가 돈을 빌린 거라니까."

"그런데 아까 우리가 백배 이상은 고생할 거라 했잖아."

"글쎄."

"또 글쎄야."

난 종현의 이어지는 말을 기다렸다. 하지만 종현은 더 이상 답하지 않았다. 그사이 〈하여가〉 뮤직 비디오가 끝이 났다. 이어서 뉴스가 시작되었다. 시작되자마자 뉴스 앵커는 다음과 같은 말로 뉴스 시작을 알렸다.

'우려했던 일이 시작되고 있습니다. 자동차 공장의 생산 라인이 벌써 한 달째 절반 이상 가동을 멈추면서 관련 협력업체들의 대량 도산, 대량 실업 사태가 현실화될 전망입니다.'

*

겨울이 지나고 봄이 돌아왔다. 봄은 언제나 신학기를 맞이하는 우리들에게는 설렘, 약간의 두려움으로 함께한다. 그런 점에서 단짝 친구의 장점은 빛을 발한다. 내게는 종현이란 단짝 친구가 있다. 그래서 2학년에서 3학년으로 올라가는 학년의 변화가 싫지 않았다. 종현은 학교에서도, 집에서도 함께할 수 있기 때문이다. 더욱이 형제가 없는 나 같은 경우라면 단짝 친구의 소중함은 더 말할 필요 없을 것이다.

중학교 3학년 신학기를 맞이하는 봄에도 나는 종현과 함께했다. 그런데 그해 봄의 동행에는 몇 가지 특별한 변화가 함께했다. 먼저 두 아빠와 함께 텔레비전을 보는 시간이 부쩍 많아졌다는 사실이다. 학교 수업은 오후 네 시면 끝이 났다. 방과 후 수업을 하지 않는 우리 둘은 한 번은 종현의 집, 또 한 번은 우리 집에 놀러 가 시디플레이어를 틀어 놓고 음악을 듣곤 했다. 그런데 그해 봄에는 당연히 저녁 늦게 들어오던 종현 아빠와 우리 아빠가 그 시간, 오후 네 시에도 집에 있는 게 자주 눈에 띄었다. 둘 모두 작업복 차림이었다. 아빠 따라 공장에 갔을 때 본 아빠의 유니폼 같은 거였다. 작업복 차림으로 아빠는 소파에 앉아 텔레비전을 보고 있었고, 보는 건 단 한 가지, 뉴스였다. MBC나 KBS, 아님 YTN을 뉴스 시간만 골라서 지켜봤다. 뉴스에서는 연일 아나운서들이 조금씩 떨리는 목소리로 위급한 나라 상황을 보도했다. 그건 종현의 집에서도 똑같이 볼 수 있는 풍경이었다.

아파트 앞이나 거리 풍경도 많이 달라졌다. 하루가 다르게 문을 닫는 가게가 늘어났다. 20년 넘게 운영하던 양복점도, 재료를 아끼지 않는다며 자랑하던 치킨집도 문을 닫았다. 아빠들이 다니던 공장은 말할 것도 없었다. 아빠 말에 의하면 벌써 울산 공장 전체의 절반이 가동을 중단하거나 무기한 휴업을 결정했다고 한다. 자동차를 생산, 판매, 관리하는 대기업에서 부도 이야기가 나오다 보니 중소기업들은 더한층 막막했다. 하루에도 수십 번씩 오가던 대형 트럭 소리도 없어진 지 오래였다.

신기한 풍경도 새롭게 생겨났다. 대단지 아파트인 우리 아파트 입구에서는 하루가 멀다 하고 금 모으기 행사가 진행되었다. 나라가 망하면 우리도 망한다며 어른들은 집 안에 갖고 있던 돌반지, 금목걸이, 귀고리 등 금붙이들을 가리지 않고 들고 나왔다.

그래서였을까. 우린 음악에 집중할 수 없었다. 노래 가사가 무슨 소리인지 들리지 않았다. 경쾌하기만 하던 리듬이 이상하게 심장을 두근거리게 했다. 그건 종현도 같은 마음인 것 같았다.

그래서일까. 어느 날부터인가 우리도 슬금슬금 두 아빠가 즐겨 보던 뉴스를 함께 보기 시작했다. 처음, 아빠들은 우리의 뉴스 시청을 걱정스럽게 바라보며 말렸다.

"뉴스 같은 거 보지 마. 너희들은 그냥 공부만 열심히 하면 돼."

그거야 아빠들 마음이지, 우리 마음은 그게 잘 안 된다. 새벽에 회사로 떠나 저녁 늦게 집에 들어오는 게 일상이던 아빠들의 변화에 마음이 흔들리는 걸 어쩌지 못하는 것이다. 그때부터였다, 내가 뉴스를 보기 시작한 것도.

뉴스를 열심히 보긴 했어도 뉴스의 내용을 전부 이해하기는 힘들었다. 하나라도 모르는 게 생기면 힘들어하는 내 성격 탓이었다. 그에 반해 종현은 이해를 잘하는 편이었다.

"우리나라는 기업이 부도나기 직전까지 몰린 거야. 그러니 쓰는 걸 확 줄인 거지. 동시에 은행에서는 더 이상 돈을 빌려주지 않고. 그러다 보니 자동차 사는 일도 확 줄었고, 일감도 줄어드니 아빠가 집에 있기 시작하게 된 거야."

"앞으로도 이렇게 일이 없으면 어떻게 되는 거야?"

"일은 안 해도 월급은 줘야 하는데 그러면 회사는 망하겠지?"

"그건 그렇지."

"회사에서 망하지 않기 위해 어떻게 할까?"

종현은 나에게 질문을 한 거였다. 하지만 그 답을 알고 있는 것 같왔다.

난 종현이 새삼 기특했다. 언제부터 종현은 이렇게 세상 돌아가는 일에 똑똑해진 걸까. 한편으론 신기하기도 했지만 또 한편으론 우울해지기도 했다. 종현의 똑똑한 답을 들으니 더욱 그랬다.

"일을 몇 달 쉬고 기다리거나 회사에서 일하던 직원들을 해고하겠지."

"해고?"

"그만두게 한다고."

종현의 '그만두게 한다고.'라는 말을 들은 지 일주일이 지난 어느 날 저녁, 종현과 나는 한동안 방 안에서 나오지 못했다. 나와 종현은 학교 수업 후 여느 때처럼 누구네 집에서 시간을 보낼지 궁리하다가 자연스럽게 종현의 집으로 가기로 했다.

그날 늦은 오후, 종현 아빠의 모습이 보이지 않았다. 텔레비전도 꺼져 있었고, 뉴스도 하지 않았다. 텔레비전을 켜 봤지만 음악 방송할 시간은 아니었다. 나와 종현은 라면을 끓여 먹고 방으로 돌아와 음악을 들었다. 따로 시디플레이어를 갖고 왔기에 우리는 별 다툼 없이 서로 듣고 싶은 음악을 들었다. 그땐 난 모처럼 듀스의 음악을 들었다. 그러면서 조금씩 눈이 감겼다. 듀스의 음악은 경쾌하고 빠른 리듬의 랩 음악이다. 그런데 잠결에 듣는 그 음악은 왠지 모르게 슬펐다. 마치 슬픈 발라드를 듣는 느낌이었다. 노래를 부르며 춤을 추던 가수가 노래를 부르던 중간에 울음을 쏟아내는 것 같은 기분이었다.

그 느낌이 너무 강렬해서일까. 어느 순간 나는 눈을 뜨고 말았다. 반복 기능이 언제부터인가 멈춰 버린 시디플레이어에서는 더 이상 음악이 들려오지 않았다. 눈을 뜬 나는 옆을 바라봤다. 종현은 바닥에 머리를 처박고 잠들어 있었다. 적당히 코도 골았다. 나는 종현을 깨우지 않고 자리에서 일어섰다. 오줌이 너무 마려워서였다. 그런데 나는 문손잡이를 붙잡은 순간 밖으로 나가지 못했다. 문이 아주 조금 열려 있었고, 그 사이로 소리가 들렸다. 아빠들의 목소리와 함께 들려온 건 종현 엄마의 울음소리였다. 혼자 우는 게 아니었다. 여러 명의 울음소리가 숨죽이며, 하지만 절박하게 들려왔다.

나는 그제야 알았다. 내가 들었던 울음소리는 꿈에서 들은 게 아니었다. 거실에서 들려오던 진짜 울음소리였다. 거실 안에는 꽤 많은 아빠 엄마들이 앉아 있었다. 그중엔 우리 아빠, 엄마의 모습도 보였다. 대책 회의를 하는 것 같았다.

종현 아빠가 말을 이었다.

"일단 회사에는 장기 무급 휴가 형식으로 휴가원을 제출하고 다른 일을 알아봅시다."

"그러지 말고 실업 급여라도 신청하는 게 낫지 않겠소?"

"회사를 등지고 나올 순 없어요. 이번이 고비라잖아요. 조금만 더 기다려 봅시다."

"월급 구경한 지가 얼마나 됐는지……. 이러고 어떻게 살아요?"

"울산에서 더 이상 살 수가 없소. 배라도 타야지, 에이."

"대체 우리가 무슨 죄요? 우린 죽어라 닦고 조이고 기름칠한 죄밖에 없어요. 배운 게 이것뿐인데, 우리가 밖에 나가서 무슨 일을 할 수 있다고."

"밖에 나가면 뭐 할 일이 있는 줄 아쇼? 하도 답답해서 노가다 뛰려고 새벽 시장 나갔는데 삼 일 연속 허탕만 치고 돌아왔어요."

"난 태어나서 은행이 문 닫는 경우 처음 봤다니까. 이러다 대한민국 정말 망하는 거 아니야?"

종현을 다시 한 번 뒤돌아봤다. 다행이라고 말하는 게 맞다. 그때 종현은 꽤 평온한 표정으로 잠들어 있었다. 숨을 한번 크게 내쉰 나는 좁은 문 틈새로 거실을 바라봤다. 거실 소파엔 작업복 차림의 두 아빠, 종현 아빠와 우리 아빠가 나란히 앉아 있었다. 소파 바로 맞은편 마룻바닥에 앉아 있던 종현 엄마가 소리 죽여 울기 시작했다. 그 울음소리를 들으며 나는 종현과 일전에 주고받은 말들을 다시금 떠올렸다. 무섭고 슬펐다.

'아빠들이 회사를 그만둔다는 건 그만큼 일할 곳이 줄어든다는 거겠지. 일할 수 없으면 돈도 못 벌고 빚도 못 갚고. 그러다 보면 집에서도 쫓겨나고 가족들도 뿔뿔이 흩어지게 될 거야. 거리를 방황하게 되는 거지. 돈이 없고, 돈을 못 갚으면 다 그렇게 되는 거야.'

'그게 우리 아빠들 잘못이 아니잖아. 아빠들이 뭐 일을 잘못한 것도 아니고 게으른 것도 아니잖아. 우리 아빠들, 언제 지각 한 번 한

거 본 적 있어?'

'그거야 그렇지.'

'그런데 왜 가족이 헤어지고 거리를 떠돌아야 해? 잘못한 것도 없는데.'

'그래도 그게 현실이니까.'

'……'

'뉴스에서 그렇게 말하니까.'

*

중학교 3학년 여름 방학이다. 초등학교 때가 떠올랐다. 방학이 시작되면 생활 계획표를 먼저 쓰고, 방학 숙제를 밀려서 하지 않겠다는 다짐을 하곤 했다. 그런 기특한 다짐은 아마도 내 기억 속에 아빠 엄마에게 속 썩이지 않는 아들로 보이고 싶을 때였던 것 같다. 나와 종현의 중3 여름 방학도 그럴지도 모른다. 듣고 싶은 서태지와 아이들의 음악도 꾹 참았다. 중3답게 미래를 준비하겠다는 거창한 마음도 품었다. 그렇게 우리의 여름 방학은 다르게 말하면 제법 비장했다.

하지만 나와 종현의 여름 방학이 비장해야 할 진짜 이유는 그런 것만이 아니었다. 오히려 다른 데 있었다. 자동차 부품 제작하는 기술 외엔 다른 기술을 배운 적이 없는 우리 아빠와 종현 아빠, 그리고 아파트 단지 내 대부분의 아빠들은 내 기억에 의하면 6월부터 공장에 나가지 못했다. 물론 작업복 가방을 챙겨들고 매일 공장 앞으로 가긴 했다. 다른 아빠들 모두 비슷한 시간대에 가방을 싸들고 나갔다. 하지만 공장 문은 굳게 닫혀 있었다. 그럴 때마다 가방을 싸들고 공장에 나간 수많은 아빠들은 잔뜩 풀죽은 얼굴로 돌아오곤 했다. 바로 집에 들어오는 게 부담스러웠던지 아빠들은 근처 식당에 모여 음식은 주문하지 않고 삼삼오오 모여 이야기를 나눴다.

뉴스에선 하루에도 십수 번씩 IMF, 경제 위기란 말이 나왔다. 아홉시 뉴스만 듣고 있으면 아직은 어린 나와 종현에게도 그 위기가 충분히 다가왔다. '경제 위기'란 두 낱말이 한 가족을 얼마나 힘들게 하는지 알 것 같았다. 엄마는 자신이라도 돈 벌 일을 찾겠다며 나섰다. 하지만 저녁만 되면 허탕 치고 돌아와 식탁에 주저앉곤 했다. 식탁에 앉은 엄마의 한숨만큼이나 고지서도 쌓여 갔다.

그렇게 맞이한 여름 방학이다. 나와 종현은 아빠에게 용돈 좀 더 달라는 넉살도 없어졌다. 해마다 했던 것처럼 종현 가족과 함께 해수욕장으로 놀러 가 2박 3일 캠핑하자는 말도 없어졌다. 아빠와 함께 휴일, 가끔씩 찾던 야구장 가자는 말도 할 수 없게 되었다.

아빠의 고개 숙인 모습과 엄마의 숨죽인 한숨 소리가 나와 종현도 함께 숨죽이게 했다. 그래서일까. 책이 손에 잡히지 않았다. 음악을 들어도 예전 느낌이 아니었다. 자꾸만 아빠의 고개 숙인 모습만 떠올랐다. 종현도 그랬을까. 종현 역시 내 풀죽은 얼굴을 보며 많은 생각을 하기 시작했다. 평소에 그렇게까지 생각 많은 친구는 아니라고 생각했는데, 대체 무슨 생각을 그렇게까지 골똘히 하는 걸까 하는 마음이 들었다.

그렇게 여름 방학이 끝나 갈 즈음이었다. 공장은 여전히 열지 않았다. 정말 문이라도 닫는 걸까, 하는 불안한 마음으로 잠들던 어느 여름밤이었다. 무더웠지만 창문만 열고 선풍기를 켜지 않았던 그날 밤. 나는 저절로 잠에서 깨어났다.

"어, 너희들?"

"야, 아침 해가 이미 밝았는데 아직도 자냐? 빨랑 일어나."

"시간 없어. 빨리빨리."

"너희들 언제 들어왔어? 지금 몇 시야?"

내가 눈을 뜨자마자 내 앞에 반 친구들이 보였다. 그들 중 가장 눈에 들어온 건 종현이었다. 모자를 눌러쓰고 있어 처음엔 못 알아봤지만 금방 알아볼 수 있었다. 두 가지 질문을 동시에 던진 나에게 종현은 두 질문 모두 답하지 않았다. 녀석의 표정이 답을 대신했다.

"지금 그딴 게 중요해?"

새벽 다섯 시였다. 열린 창밖으로 아침 햇살이 스며들었다. 한여름의 새벽이라 그런지 햇살이 유난히 따사로웠다.

나는 다시 한 번 아이들의 표정을 살폈다. 마음속으로 다음과 같은 질문이 쏟아졌다.

'어떻게 문을 열고 들어왔지? 엄마가 열어 줬나? 왜 이 시간에?'

수많은 질문이 한꺼번에 쏟아졌다. 쏟아질 만하다. 생각하기에 따라선 꽤나 이상한 상황 아닌가. 그런데 이런 질문들을 하기에 앞서 내 귀를 사로잡는 말이 있었다. 종현의 말이었다. 종현은 짧고 무덤덤하게, 하지만 그 어느 때보다도 힘주어 말했다.

"가자."

"어딜?"

"아빠 공장으로 가자."

"거길 왜?"

"가서 기계를 돌리자."

"그게 무슨 소리야?"

내 질문에 이번엔 우리 반 반장 윤택이 답했다.

"종현이가 아이디어 냈어. 우리 아빠들 일하는 공장 기계, 더 이상 녹슬게 내버려 두지 말고 돌리자고."

그 말을 듣고도 내가 여전히 어이상실 표정을 짓고 있자 종현이 한마디 더했다.

"아빠들이 다시 일할 수 있도록 만들자."

"기계 돌린다고 아빠들이 다시 일할 수 있어?"

"기계 소리를 들으면, 사장님도 아빠들도 생각을 다시 다잡을 거야."

"기계는 어떻게 돌리는데? 공장은 지금 잠겨 있어."

내 질문에 반장 윤택이 버럭 짜증을 냈다.

"아, 그만 묻고 일단 따라와 봐! 너만 일어나면 돼. 다른 동 아파트에 사는 애들은 벌써 출발했어."

"출발했다고?"

"종현이가 한 달 동안 준비한 계획이래. 한번 하자. 야! 단짝 친구라면서 뭐 이렇게 의심이 많아."

반장이 그렇게 말한 사이였다. 종현이 내 손을 잡았다. 엉겁결에 일어난 나는 일단 옷부터 갈아입겠다고 말했다.

"한 달 동안 준비했다면서 나한테 말도 안 하고. 그러면 돼? 반칙이야."

"바지만 갈아입어. 패션쇼 할 일 있냐?"

"그런데 종현아."

"왜?"

"기계를 어떻게 돌리지?"

내가 던진 그 질문을 종현이 들었을 때였다. 녀석은 가볍게 웃어 보였다. 가벼운 웃음이었지만 대단히 편해 보였다.

결국 그날 새벽, 우리는 아파트 밖을 빠져나왔다. 윤택의 말처럼 아파트에 살고 있는 학교 아이들, 공장에서 일하는 아빠의 아들들은 대부분 나왔다. 아이들 중엔 반 친구도 보였고, 동네 친구도 보였다. 남자아이들만 있는 게 아니라 여자아이들도 함께했다. 수진, 미영, 나와 초등학교 때부터 공기놀이하던 여자 친구도 보였다. 그 친구들의 아빠도 모두 공장에서 일했다.

우리 모두는 아빠들의 회사를 향했다. 벌써 두 달째 공장 입구에서만 머물다 돌아오곤 했던 아빠들의 자동차 부품 만드는 공장으로. 그때까지 나는 종현에게 정말 묻고 싶은 질문은 하지 않았다. 그 질문을 애써 생각하고 싶지 않았다.

'기계를 돌리면 아빠가 다시 예전처럼 일할 수 있을까.'

*

버스를 타지 않고 걸어서 공장에 도착했다. 처음 종현이 기계를 돌리자고 말할 때 녀석이 뭔가 대단한 계획을 갖고 있는 줄 알았다. 첩보 영화 같은 거 보면 그렇지 않은가. 비밀 설계도 같은 거 허리춤에 차고 깊은 밤, 어둠을 틈타 잠입하는 뭐 그런 장면. 두 달씩이나 문 닫힌 공장을 들어가려면 그 정도 준비는 필요하다고 생각했다. 다른 녀석들도 그렇게 생각한 모양이었다.

그런데 웬걸, 종현은 거의 무계획이었다. 그냥 뚜벅뚜벅 공장 입구를 향해 걸어갔다. 그때 나를 비롯한 아이들, 수진과 미영이 본능적으로 숨죽이며 녀석을 불렀다.

"야, 종현아! 뭐 하는 거야?"

"담 넘는 거 아니야? 그러면 금방 들키잖아."

수진과 미영의 우려에 종현이 딱 잘라 대답했다.

"들키긴 뭘 들켜. 너희들 그 말 알아? 가장 중요한 것은 가장 사소하게 다룬다.”

그런 멋진 말은 누가 한 말일까. 그때, 나는 새벽에 경비실이 비어 있다는 걸 발견했다. 더 놀라운 건 입구 주 출입구는 쇠사슬이며 자물쇠를 강하게 휘어 감아 놓았지만, 바로 옆 보조 문은 열려 있다는 사실이었다. 종현이 그 보조 문을 열고 먼저 들어갔다. 나와 아이들도 망설임 없이 우르르 따라 들어갔다. 겁나긴 했다. 아빠 회사에 이렇게 아무 말 없이 들어가도 되는 건지 궁금했다. 또 하나, 이렇게 쉽게 들어갈 수 있는 걸 몇 달 동안 누구도 들어가지 않았다는 게 허탈했다. 하지만 망설임을 앞서는 건 종현의 당당함이었다. 종현은 거침없이 공장 앞으로 돌진했다. 내가 다급하게 불러 세워도 소용없었다.

“야, 종현아. 종현!”

”왜?”

종현이 공장 옆 보조 출입구를 열어젖히려던 때였다. 사방을 둘러봐도 굳게 닫혀 있는 공장 문들과 다르게 폐기름 통을 수거해 가던 좁은 통로 문은 열려 있었다. 슬쩍 밀어젖히자 안으로 보이는 통로가 보였다.

“우리 정말 이렇게 들어가도 돼?”

“지금 들어가고 있잖아.”

“아니, 내 말은……”

“걱정하지 마. 지금 우린 일하러 들어가는 거야.”

"우리가 일을 한다고?"

내 질문에 종현이 잠시 숨을 고른 뒤 말했다.

"우리가 하는 게 아니고 우리 아빠들이 일할 수 있게 하는 거지."

"……."

"내 말…… 이제는 이해하지? 그럼 들어와."

"종현아."

"기계를 움직이게 만들자. 그래서 아빠들이 들어와 일을 할 수 있도록 하자. 아빠들이 장갑도 끼고, 손에 기름도 묻히고, 그렇게 하게 하자. 응? 그렇게 하자."

*

종현의 말은 정말 말이 되는 걸까. 이렇게 하면 아빠들이 일할 수 있는 게 맞을까. 그런 식의 질문을 던질 여유가 없었다. 여유가 없다고 말하는 게 정확하다. 아빠들이 장갑을 끼고 일을 할 수 있게 하자는 말을 꺼낸 뒤 종현은 그대로 공장 안으로 들어갔다.

기계가 멈춘 공장은 처음 본 풍경이었다. 아빠 손을 잡고 공장 견학을 왔을 때 본 현장은 늘 분주하고 소란스러웠다. 5미터 정도 되는 높이의 압축기가 육중한 공룡의 숨소리 같은 푹푹 소리를 내며 움직였다. 그 사이에 작은 자동차 부품 제작하는 프레스 기계들도 빠른 속도로 움직였다. 현장 바닥에는 10분이 멀다 하고 자동차 부품이 한가득씩 쌓여 갔다. 그러면 현장을 분주하게 오가는 지게차가 부품을 담은 상자들을 집어 들고는 현장을 빠져나가는 일이 반복되곤 했다.

그게 내가 봐 오던 공장 풍경이었다. 그때는 놀랍게도 이 크고 거대한 기계들이 동작을 멈출 거란 생각을 한 번도 해 본 적 없었다. 하지만 새벽 여섯 시경에 들어선 현장 기계들은 꽤 오랜 시간 가동을 멈춘 채 쉬고 있었다. 이상하리만치 조용했다. 그 조용함이 나를 놀라게 했다. 현장으로 들어온 종현에게 다음과 같이 묻고 싶었다. 간절하게 진심을 담아.

'야, 종현아. 우리 돌아가자.'

함께 온 친구들도 망설이긴 마찬가지였다. 그제야 정신이 돌아온 친구도 있는 걸까. 다시 돌아가자고 보채는 친구도 있었다. 하지만 종현은 말보다 행동이 앞섰다. 그사이 어디서 찾았는지 붉은 칠이 되어 있는 목장갑도 낀 종현. 나와 아이들에게 장갑을 건네며 말했다.

"껴. 일 시작해야지."

장갑을 받아 든 아이들은 여전히 얼굴과 몸이 굳어 있었다. 윤택이 종현에게 물었다.

"그런데 너 이 기계들, 움직일 수 있어?"

"대충은."

대충이란 말에 움찔한 내가 물었다.

"대충이란 말이 뭐야. 할 줄 안다는 거야, 못한다는 거야?"

종현은 분명 내 질문에 건성으로 답하는 게 맞았다. 녀석도 나처럼 아빠 따라 공장에 몇 번 견학 온 게 전부였다. 다른 게 있다면 종현이 나보다 눈썰미가 좋다는 점 정도일 것이다. 크고 넓은 현장 주위를 어슬렁거리던 종현은 현장의 조명부터 환히 밝혔다. 전등 스위치를 모두 켠 종현은 곧장 분전함으로 보이는 철제 박스를 개방한 뒤 내려져 있던 차단기까지 올렸다. 차단기는 수십 개가 넘었다. 용량 폭이 넓은 차단기에서부터 아파트에서도 흔히 볼 수 있는 작은 차단기도 있었다.

종현이 차단기를 올린 순간이었다. 하나둘씩 차단기가 올라갈 때마다 공장이 들썩이는 게 보였다. 처음 들린 것은 거대한 기계가 기지개를 켜며 움직이는 소리였다. 하지만 소리는 단지 들리는 소리에 머물지 않았다. 거대한 소리가 현장 바닥에서부터 움직이기 시작했다. 그러면서 기계가 움직였다. 공장은 잃어버렸던 활력을 되찾기 시작했다. 공장 안에 들어온 뒤로 오히려 망설이던 아이들도 종현을 따라 움직이기 시작했다. 어떤 친구는 프레스 기계에 앉았고, 어떤 친구는 박스를 접기 시작했다. 모두들 아빠가 일하던 현장에서 익숙하게 봐 오던 동작이었다.

그때였다. 내 눈에 소리가 보이기 시작했다. 나는 나도 모르게 독백처럼 중얼거렸다.

"종현아."

"응?"

"보여?"

"안 들려. 크게 말해."

"보이냐고?"

기계 소리가 점점 커져 갔다. 특히 5미터 높이의 압축기에 전원이 연결되면서부터 공장 안은 다시 이전의 활력을 되찾았다. 종현은 어슬렁거리는 것 같으면서도 꽤 쓸모 있게 행동했다. 기계들 사이를 오가며 운전 버튼을 가동시켰다. 그러자 프레스 압착 기계도 함께 가동되면서 소리는 한층 더 높아졌다. 소리가 커지자 친구들이 오히려 잠시 잊고 있던 용기를 찾는 것 같았다. 종현이 뒤늦게 귀마개를 찾았지만 귀마개는 보이지 않았다.

나는 친구들이 내 말을 듣건 말건 말을 계속했다. 별다른 건 없었다. 눈에 보이는 풍경을 말하는 것뿐이었다. 소리가 시작되면서부터였다. 오랫동안 멈춰 있던 기계가 움직이면서부터 들리기 시작한 소리, 활기 넘치는 소리를 들으면서부터였다.

"나…… 지금 아빠가 보여. 기계 앞에 앉아 있는 아빠. 아빠는 작업복 차림에 목장갑을 끼고 있어. 작업복 전체가 기름에 흠뻑 젖어 있어. 아빠의 이마와 목, 팔뚝에는 늘 땀이 배어 있고 조금은 지쳐 보이지만 그래도 나중엔 꼭 밝고 환하게 웃는 아빠가 보여."

종현은 내가 하는 말을 듣지 않았다. 소리가 더욱 커져 가는 공장에서 종현은 아빠가 일하던 모습을 그대로 따라했다. 다른 친구들도 마찬가지였다.

그 순간, 내 눈에 아빠들이 보였다. 프레스 기계 위에 서서 기계의 동작을 지켜보는 생산 주임인 우리 아빠, 대형 압축기 실린더를 점검하는 점검 주임인 종현 아빠, 지게차를 몰고 완성된 부품이 쌓인 팔레트를 운반하는 지게차 운전사⋯⋯ 공장 안을 분주히 움직이며 구슬땀을 흘리는 어른들이 보이기 시작했다. 그 순간 나는 아빠가 서 있는 프레스 기계 앞으로 걸어갔다. 아빠가 오랜만에 일하는 모습을 보자 기분이 좋았다. 절로 웃음이 났다. 그사이, 기계 점검반이던 종현 아빠의 볼멘 잔소리도 함께 들려왔다. 현장에서 들려옴직한 소리들이었다.

나는 고개를 돌려 다른 프레스 기계를 작동시키는 종현을 보며 계속 말을 걸었다.

"종현아, 네 아빠도 보여. 저기서 투덜대고 있어. 우리 아빠가 실린더 점검을 하지 않는가 봐."

"⋯⋯."

"종현아?"

친구 종현을 부를 때였다. 갑작스럽게 소리가 사라졌다. 그사이 공장 문이 활짝 열렸다. 동시에 소리가 들렸다. 귀청을 찢을 듯한 호루라기 소리였다.

공장 문이 열리면서 들려온 호루라기 소리와 함께 경비 아저씨들의 아우성도 함께 쏟아졌다.

"야, 너희들 여기서 뭐 하는 거야? 어서 기계 멈추지 못해?"

이 당혹스런 상황을 어떻게 벗어나야 할까. 친구들은 일제히 종현을 향했다. 윤택도, 미영도, 그리고 수진도 엄청난 굉음을 쏟아내며 움직이는 기계 앞에 서서 종현에게 답을 구했다. 그리고 종현은 우리에게 매우 단순한 답을 주었다.

"뭘 어떻게 해. 나가자!"

"나가자고?"

"그래! 나가자. 뛰어!"

그렇게 말한 종현이 경비실 아저씨들 사이를 피해 뛰기 시작했다. 경비 아저씨들의 외침이 이어졌다.

나도 윤택도, 미영도, 수진도 종현을 따라 뛰었다. 그 뒤를 함께 온 아이들도 따라 뛰었다. 공장 문이 지금처럼 활짝 열린 적이 있었을까. 따사로운 아침 햇살이 급박하게 쏟아져 내렸다.

뛰는 내내 신기했다. 따뜻하고 시원했다. 이 느낌은 어렸을 적 아빠와 함께 목욕할 때의 느낌 그대로였다.

그 느낌이 우리를 자유롭게 했다. 어느새 얼굴과 목, 몸 곳곳이 땀으로 흠뻑 젖기 시작했다. 자유로운 느낌, 당장은 아무것도 없어도 뭐든 할 수 있을 거란 느낌, 그 마음 하나만으로 나는 뛰었다. 그건 종현을 비롯한 다른 친구들도 같은 마음이라고 나는 믿었다. 지금도 그 믿음은 변함이 없다.

1990년대는 불안과 설렘이 함께하던 시기였다. 밀레니엄, 천 년의 주기가 지나고 새로운 천 년이 찾아오는 두근거림도 가득했던 시기. 하지만 새로운 천 년을 맞이하는 불안도 대단했다.

특히 우리들은 1990년 이후의 한국 사회를 어떻게 기억하고 있을까. 가장 크게 우리에게 체감되는 기억은 바로 IMF, 국제 구제 금융 사건이었다. 그 일은 한 나라 전체가 경제, 정치적으로 무너지는 일이었다. 대기업, 중소기업 가리지 않고 부도가 나고 우리의 아버지들이 하루아침에 직장을 잃게 되었다. '나라 전체가 망할지도 모른다.' '다른 큰 나라들이 대한민국을 나눠 가질지도 모른다.'는 등의 불안한 소문이 몰아치던 게 IMF의 공포다.

이러한 불안과 설렘을 맞이하던 시기의 청소년들은 어떤 생각을 했을까. 글쓴이 역시 그 시기를 몸으로 겪었기에 어느 정도는 짐작을 한다. 어떻게 살아야 할지도 모르던 청소년 시기였고, 하루가 다르게 변하는 어른들 사회에 불안함을 느껴야 했다.

하지만 동시에 그 시대에는 또 하나의 추억이 함께했다. 스스로 깨우치고 일어날 수 있는 힘이 함께했다. IMF의 어려움을 어른들이 몸으로 부딪혀 이겨낼 수 있었듯이 청소년들에게 자리 잡은 돌파의 힘이 그들이 처한 환경과 자리를 넉넉히 변하게 만들 수 있었던 것이다.

때론 불안하고 두려웠을 것이다. 무섭고 다 포기하고 싶었을 것이다. 하지만 청소년들은 스스로 깨우쳤음을 글쓴이는 분명히 알고 있다. 결국 이겨낼 수 있다는 막강한 낙관의 힘이 함께한다는 걸 말이다.

2017년 오늘, 우리가 사는 세상도 만만하지 않은 것 같다. 경쟁, 대립, 충돌, 오해, 불의한 선택이 계속되는 게 오늘의 현실이다. 그럼에도 한마디 다독이듯 들려주고 싶다. 여러분들은 지금 잘하고 있다고, 이 정도면 괜찮다고, 말해 주고 싶다.

점 하나

최영희

저건 내 존재가 응축된 점이다.

X 축의 7이라는 숫자 위에 희미하게 찍힌 점, 저게 나다.

우리 동네 도서관 청구 기호 408 서가에 있는 학습 만화에서 그랬다. 원자의 크기가 축구장만 하다면 원자핵의 크기는 쌀알 하나만 하다고, 무려 10만 센티미터 크기의 물체를 원자핵만 모아서 압축하면 1센티미터의 작은 물체로 만들 수 있다고. 그러니까 나라는 인간을 원자 단위로 해체한 다음, 원자와 전자 사이의 빈 공간을 걷어 내고 원자핵만 모으면 점이 된다. 딱 저렇게 보일락 말락 한 점.

"니도 보믄 알겠지마는, 여기 4, 5, 6등급에 전체 학생들 절반이 모여 있다."

원장은 그래프가 그려진 종이를 내 앞으로 밀었다. 수학 등급을 표

225

시한 X축과 학생 비율을 나타내는 Y축이 만들어 낸 추상의 공간에, 길이가 들쑥날쑥한 막대들이 세워져 있다. 수학 등급별 분포도다.

"그란데 니는 7등급이다. 이제 상황 파악이 좀 되제? 아순 대로 4, 5, 6등급 안으로라도 비집고 들어가야 어데 원서라도 내 볼 긴데……."

나는 딱히 대꾸할 말이 없었다. 7등급 그래프 위에 원장이 찍이 놓은 여틈한 점만 노려보고 있었다.

"그래도 정신만 똑바로 채리믄 가망이 아주 없는 것도 아이다. 니 아직 1학년 아이가. 우리 같이 함 해 보자. 아직 기회가 있고 시간이 있는데 그리 벨벨기리다 끝나서야 쓰겠나?"

원장실을 빠져나와 찻길로 나오는 내내 오빠의 이름이 혀끝에 굴러다녔다. 오세진, 망할 놈……! 나를 이 시공 속으로 떠민 게 오세진이다. 나랑 상의도 없이 일방적으로 학원을 등록하고 원장 면담 일정까지 잡아 버린 것이다.

우리 형편에 대학은 무리다! 몇 해 전 엄마의 선언이 있은 뒤로 오빠와 나는 다른 길을 택했다. 공부에 미련이 남은 오빠는 학비를 벌어서 대학에 가겠다며 특성화 고등학교로 진학했고, 나는 고3으로 학창 시절을 마무리할 생각으로 일반 고에 들어갔다. 진로를 정한 뒤에는 이 나라 공교육이 지향하는 모범 학생으로 살았다. 수업이 끝나면 낮에는 도서관 생활자로, 밤에는 엄마 가게의 설거지 도우미로 지내며 자기 주도 학습과 효도를 병행했던 것이다.

중2 때부터였으니 벌써 도서관 생활자 3년 차다. 이제는 할아버지들과의 열람실 자리 경쟁, 도서 대출 경쟁에도 도가 트였고, 2층 시청각실 유리문에 나붙은 공모전 정보도 놓치지 않는다. 최근에는 창원시 청소년 금연 사례 공모전에 오세진 이름으로 응모하여 당선되기도 했다. 그때 상품으로 받은 무선 스피커는 생각보다 음질이 떨어져서 오세진에게 줘 버렸다. 그렇게 나는, 내가 선택한 길에서 최선을 다하며 살아왔다. 도서관 알림판에 쓰여 있는 문구를 인용하자면 '알파고 시대의 창의적인 인재'로 거듭날 만발의 준비를 하는 중이다. 그런 내가 남들 눈에는 이대로 뒀다간 빌빌거리다 끝날 애로 보이는 모양이다. X 축 숫자 7 위의 하찮은 점…….

팔자에도 없던 학원 등록은 오세진의 몹쓸 '각성'에서 비롯되었다.

모름지기 각성이란 만화에서 소심한 모범생이 어둠의 히어로로 거듭날 때나 어울리는 현상이다. 동네 양아치들이 내가 짝사랑하는 여자아이를 노리는데, 지금 이대로는 절대 그 애를 구해 내지 못하리라는 통렬한 자각. 각성은 그런 경우에나 어울리는 현상이다. 그런데 공부, 게임, 축구 다 잘하고 남들보다 좋은 조건의 회사로 실습까지 나간 오세진에게 각성이 웬 말인가.

각성의 결과만 놓고 보면 오세진은 힘들게 번 돈으로 동생 학원비를 내준 게 된다. 실제로 친구 채리는 이 일을 이렇게 논평했다.

"아, 감동! 너네 오빠야 진짜로 멋지다. 동생 학비 대주는 오빠야가 세상에 몇이나 되겠노? 니가 평소에 오빠새끼가, 오빠새끼가 이

럼시로 하도 뒷말을 까대서, 나는 너네 오빠야 본명이 오빠새긴 줄 알았다. 그란데 이런 반전이! 오하나, 니는 평생 오빠야 업고 댕기야 된다.”

내가 미치고 팔짝 뛰겠는 지점이 딱 여기다. 원래 오세진은 동생을 위해 뭘 해 주고 그런 캐릭터가 아니다. 라면 끓여 와라, 교복 좀 다려라, 편의점 가서 콜라 사 와라 등, 동생을 몸종으로 아는 인간이었다. 어디 그뿐인가. 피시방비나 담뱃값이 모자랄 땐 내 주머니까지 탈탈 털어 가던 인간 말종이었다. 그랬던 오세진이 돌연 이미지 세탁에 나선 것이다.

돌이켜 보면 실습 초기에 이미 각성의 조짐이 보이긴 했다. 무슨 케이블 제작 전문 업체로 실습을 나간 지 일주일쯤 됐을 때였다.

“오하나, 니는 일단 대학부터 가라.”

오밤중에 라면을 먹다 말고 오세진이 그리 툭 내뱉는 것이었다. 그날 오세진은 일찌감치 젓가락을 내려놓고 방으로 들어가 버렸다. 내가 기억하는 한 오세진이 라면을 남긴 건 그때가 처음이었다. 오세진에게 라면은 염치나 우애를 초월한 생의 동력 같은 거였다. 내가 볼거리에 걸려 뻗어 있을 때도 그 옆에서 라면을 후루룩거릴 정도였으니까.

하지만 그 뒤로는 별말이 없고 밤마다 라면도 잘 먹기에 나도 그때 일을 잊고 있었다. 바로 오늘 아침, 각성을 마친 오세진이 학원 광고 전단지를 건네주기 전까지는.

"니, 늦지 말고 다섯 시까지 거기 원장실로 가라. 학원비는 내가 냈으니까 걱정 말고. 사회에서 최소한 사람 취급을 받을라믄…… 대학은 나와야겠더라. 니는 내 짝 나지 말고 공부해서 대학부터 가라. 학비는 오빠야가 우찌 만들어 보께."

이게 무슨 일이냐는 내 물음에는 대답도 않고 오세진은 각성의 변만 이어 갔다.

"니, 각자도생이란 말 알제?"

각자도생, 제각기 살아 나갈 방법을 꾀함. 그걸 내가 왜 모르겠는가. 각자도생은 인지상정 다음으로 내게 친숙한 사자성어다. 인지상정은 포켓몬스터에 나오는 악당 로켓단이 늘 하던 말이다. '우리가 누구냐고 물으신다면 알려 드리는 게 인지상정! 우리로 말씀드릴 것 같으면 그 유명한 로켓단!' 나는 한글을 떼기 전부터 인지상정이란 말을 알고 있었다. 그리고 각자도생은 2014년 봄에 내 인생에 각인된 말이다. 세월호 침몰 후 인터넷 댓글이나 게임 채팅방에서 하루에도 여러 번씩 눈에 띄었으니까. 이 땅에서 우리를 구해 줄 사람은 아무도 없으니 알아서들 각자도생하라…….

"어차피 세상은 옴팡 썩었고, 니나 내나 최순실* 같은 엄마도 없다

---

* 최필녀에서 최순실, 최서원으로 개명한 대한민국 기업인. 박근혜의 측근. 독일 생활 중에 '최순실 비선 실세' 관련 보도가 나왔고 [...] 귀국 다음 날인 2016년 10월 31일 검찰로부터 소환 통보를 받아 [...] 증거 인멸 우려로 긴급 체포되었다.
−위키백과에서 발췌

아이가? 그렇다고 엄마 친구 중에 우리 뒤를 봐줄 권력자가 있는 것도 아이고. 일단 대학 졸업장이라도 따 가지고 남들이 니를 함부로 대할 구실이나 줄여 놔라."

그런데 원장도 채리도 오세진도 놓치고 있는 게 있다. 학원을 다니면 정말로 좋은 대학에 갈 수 있는가, 대학을 나오면 뾰족한 수가 생기는가, 하는 논쟁은 치워 두기로 한다. 내가 정말로 하고 싶은 말은 이거다. 왜 오세진이 찾은 해법을 오하나에게 강요하는가?

*

쓸모라곤 없는 오빠였다. 도움되는 구석이 눈곱만큼도 없어서 나스스로 오세진의 용도를 궁리했을 정도다. 그간 잔심부름에 시달린게 억울해서라도 어딘가에는 써먹어야 하니까. 나는 만화 시나리오에 오세진을 캐스팅했다. 혁명을 꿈꾸는 노예 소녀 이야기였다. 주인공의 이름은 하나. 하나는 노예들을 학살하는 폭군 세진 왕에 맞서 혁명군을 조직한다. 혁명군의 무기는 갤럭시노트7이라는 이름의 사제 폭탄, 혁명군의 암호는 '니 라면은 니가 끓여'였다.

차라리 그때가 좋았다. 오세진이 내 시나리오에 폭군으로 등장할 때가.

"가시나 니, 진짜로 원장한테 내일 오빠야가 환불 받으러 올 기라 했나?"

"싹수가 노랗다는 수학 7등급한테 돈 들이지 말고, 잘 모아 났다가 오빠야나 대학 가라."

"그럼 니는 우짤 긴데? 뭐 믿는 구석이라도 있나?"

믿는 구석까지는 아니었지만 주워들은 소리는 있었다. 알파고 시대, 창의력이 승부처다, 대학 교육의 대안 오픈 강좌 등, 나는 도서관 알림판에서 본 것들을 주워섬겼다. 그러나 오세진에게는 씨알도 먹히지 않았다.

"그거 다 헛소리다. 세상이 그리 쉽게 변하는 줄 아나? 느그 동갑내기들끼리 어데 섬에 가서 따로 살믄 모릴까, 사회에 나가 봐라, 천지에 꼰대 아재, 아지매 들이다. 그 사람들은 알파고에는 관심도 읎다. 네가 어느 대학 나왔는지, 뉘집 자식인지 그런 것만 본다."

"사회를 다 아는 것처럼 말하지 마라. 누가 보믄 이십 년 차 직장인인 줄 알겠네. 겨우 실습 두 달 다녀 놓고……."

"니, 대가리가 제대로 달린 놈이믄 내 말 들어라. 오빠야가 돈 대준다 할 때 학원 다니라, 알았나? 한 번만 더 학원 안 다닌다 소리 하믄 그땐 진짜로 쥑이뿔 기다!"

오빠는 젓가락을 라면 냄비에 패대기쳤다. 갑자기 시나리오 밖으로 튀어나와 제 현실적 역할과 쓰임을 주장하는 오빠는 폭군 세진왕보다 훨씬 볼썽사나웠다.

나는 휴대폰만 챙겨서 집을 나와 버렸다.

깜깜한 골목길을 따라 내처 걸었다. 채리네 집에 갈까 생각도 했지만 채리 엄마가 맘에 걸렸다. 길에서 마주칠 때마다 아줌마는 늘 같은 걸 물었다.

"엄만 여전하시제?"

아줌마는 함축적 언어 구사의 달인이다. 조금만 갈고닦으면 도서관 811 서가에 시집을 꽂을지도 모른다. 아줌마가 그 짤막한 물음에 욱여넣어 둔 것들은 이랬다. 국밥집 어전히 파리 날리지? 그 다 죽어 가는 상권에서 무슨 놈의 24시간 국밥집을 한다는 거냐? 그리고 넌 요새도 학원이랑 담쌓고 지내니? 하여튼 대책 없는 가족이야.

도서관마저 문을 닫은 시간. 오밤중에 내가 갈 데라곤 엄마 가게밖에 없었다.

손님은 한 테이블밖에 없고, 엄마는 삶은 고사리를 다듬으며 뉴스를 보고 있었다. 오나가나 뉴스였다. 도서관 지하 매점 텔레비전도 엄마 가게의 텔레비전도 몇 주째 뉴스 채널에 고정돼 있다. 뉴스는 유명 대학의 입시 비리에 대한 것에서 청와대 문건 유출, 평창 동계 올림픽, 대기업 관련 소식으로 바뀌더니 어느덧 유명 성형외과 특혜 의혹으로 이어졌다. 정재계, 스포츠계, 의료계를 망라한 스펙터클한 뉴스들의 중심에는 늘 최순실과 청와대가 있었다. 이쯤 되면 최순실과 청와대는 도서관 833.6 서가에 있는 일본 엽기 연작소설의 주인공급이다.

"안 낀 데가 없네. 아이고야, 최순실이 억수로 욕봤네."

엄마는 그 한마디를 툭 내뱉고는 다시 고사리를 다듬었다. 곁눈

질로 나를 보고도 왔냐 소리도 하지 않았다. 엄마는 원래 손님이랑 바퀴벌레한테만 반응한다. 돈줄도 벌레도 아닌 나는 잠자코 엄마 옆에서 고사리를 다듬기 시작했다.

고사리 대야 옆에 놓인 엄마의 휴대폰에는 읽지 않은 메시지가 수북했다. 오세진이 보낸 것들이었다. 엄마는 이즈음 오세진의 상태에 대해 아무것도 모른다. 재개발 관련 모임이 있거나 식재료를 사러 나갈 때 말고는 가게에만 있기 때문이다. 24시간 국밥집이다 보니 새벽에도 장사를 했다. 밤새 문을 열어 두는 건 아니었고 새벽 한시부터는 '4인 이상이면 전화하세요. 010-XXXX-XXXX'라는 안내문을 걸어 두고 주방에서 잠을 잤다. 1년 365일 24시간, 엄마의 1인 사업장에는 불이 밝혀져 있다. 그런데도 엄마는 빚이 있었고, 내년에는 동네 재개발로 이 가게마저 비워야 한다. 나는 우리 가족의 생계보다 엄마가 일터를 잃는다는 사실이 더 걱정이었다. 내게 동네 도서관이 그렇듯, 국밥집 텔레비전 아래 이 자리는 엄마의 일부니까.

뉴스 화면이 촛불 집회 예고로 바뀌었다. 이번 주 토요일에 서울 광화문에서 민중 총궐기 대회가 열릴 예정이라는 것이다. 노란색 아웃도어 점퍼 차림의 손님이 텔레비전을 향해 숟가락을 치켜들었다.

"뭐 한다꼬 저 지랄들인지. 저게 어데 대통령 탓이가? 그 밑에 놈들이 해 처묵다 걸린 기지."

도서관 할아버지들에게서 귀 따갑게 듣던 이야기였다. 향후 이야기가 어떻게 전개될지도 짐작이 갔다. 아니나 다를까.

"촛불 저것들 잘 뒤비 보믄 최순실이는 핑계고, 우쨌든가 나라를 엎을라는 빨갱이 주모자들이 있을 기라."

맞은편 붉은 점퍼 차림 손님이 숟가락으로 김치 항아리를 내리치며 열변을 토했다. 그러거나 말거나 엄마와 나는 딱딱한 고사리 줄기를 끊어 내는 데 집중했다. 하지만 붉은 점퍼는 넘지 말아야 할 선을 넘고 말았다.

"교통사고 겉은 세월호를 가지고도 징글징글하게 대통령을 물고 늘어지드마는. 시상에 그런 생떼가 우딨노? 빨갱이 시키들, 대통령이 뭐를 더 해야 되는데? 내사 마, 세월호! 촛불! 그런 말만 들으믄 욕부터 나오더라."

나는 쥐고 있던 고사리를 대야에 내려놓았다.

세월호는 내가 목격한 사실이다. 한국 전쟁이나 박정희 시대가 아니라 내 눈앞에서 생중계된 일이다. 배가 서서히 침몰하는 장면에서부터 언니, 오빠 들이 구명조끼 차림으로 경사진 선내에서 버티던 모습까지 다 보았다. 언니, 오빠 들의 마지막 메시지도 보았고, 대통령이 세월호 침몰 일곱 시간 만에 중대본부에 나타나던 것도 보았다.

2014년 4월 16일의 기억은 내 개인적인 일과와 뒤섞인 채 그대로 머릿속에 박제되었다. 3교시 쉬는 시간에 담임이 괜히 우리를 보러 교실에 왔고, 점심시간에는 교장이 급식실에 얼쩡거렸고, 우리는 종례시간에 휴대폰을 돌려받고 나서야 무슨 일이 벌어졌는지 알았다. 그래도 아이들은 학원 스케줄에 맞춰 흩어졌고 나는 도서관에서 엄마의 문자 메시지를 받았다. 오늘은 일찍 집에 들어가라는 것이다. 그날 도서관 매점 저녁 메뉴는 돈까스였고, 나는 돈까스 소스 냄새를 맡으며 세월호 속보를 보았다. 그러다 밤이 와 버렸고, 식당 아줌마들은 문 닫을 시간이니 나가라고 했다. 도서관에서 집으로 오는 길은 전에 없이 어둡고 축축했다.

그러니 거짓말이나 정치적인 선동 따위는 통하지 않는다. 대통령이 뭘 더 했어야 하느냐 물음도 수긍할 수 없다. 중학교 2학년이었던 내가 두 달 후면 세월호 언니, 오빠 들의 나이가 되는데, 그날의 진실은 여태 밝혀지지 않았다. 왜 최선을 다해 구하지 않았는가? 따져 물을 수조차 없다면 이건 나라도 아니다. 국민들에게 각자도생의 깨우침을 준 것으로 나라 구실을 다했다고 우기는 꼴이다. 그러니 세월호 사건을 왜곡하는 사람은 손님이 아니라 손님 할애비라도 그냥 넘어갈 수 없다.

나는 바지에 손을 문지르며 일어섰다. 수년간 도서관 열람실과 매점에서 할아버지들과 동고동락하며 깨달은 바가 있다. 노인들과 대거리 상황에서는 시간 단축이 승패를 좌우한다. 일장 연설이 시작되기 전에 짧고 굵게 치고 빠질 것! 하지만 엄마는 나보다 더 빨랐다.

"가만있어라, 고마!"

엄마는 다리를 뻗어 내 종아리를 걷어찼다.

말문이 막혔다. 한 방 제대로 먹은 기분이었다. 그건…… 운명의 닉킥이었다.

집에 돌아온 나는 시나리오 노트에 새로운 이야기를 써 내려갔다. 비 내리는 새벽 녘, 창원 도계시장 근처 술집에서 붉은 점퍼 차림 사내가 무참히 살해된 채 발견된다. 경찰들은 급히 노란색 폴리스 라인 테이프를 두르고 시민들의 접근을 막는다. 그러나 현장에 모인 누구도 이 사건의 본질을 파악하지는 못했다. 그건 연쇄 살인극의 서막이었다.

나는 국밥집 손님을 시나리오에 캐스팅한 다음 없애 버렸다. 사실 전에도 시나리오에서 누군가의 숨통을 끊은 적이 있었다. 방패를 뺀 채 캡틴아메리카 피규어를 발송한 중고 사이트 판매자였다. 방패 없는 캡틴아메리카는 실을 못 뽑는 스파이더맨, 여의봉 분실한 손오공이나 다름없다. 나는 그 비양심적인 판매자를 시나리오에 캐스팅한 다음, 우리 은하 '사건의 지평선'으로 연결된 웜홀로 던져 넣었다. 그는 결국 블랙홀에 빠져 죽었고, 나는 기분이 좀 풀어졌더랬다. 그런데 이번에는 붉은 점퍼를 제거하고도 속이 후련해지지 않았다. 어쩌면 나는 손님보다 엄마에게 더 충격을 먹었는지도 모른다. 내게 운명의 닉킥을 날린 건 엄마의 말이었으니까.

가만히 있어라…….

세월호 언니, 오빠 들의 탈출을 막았던 그 말이 이 나라 구석구석을 떠돌다가 나에게 날아든 것이다. 진실을 밝히지도 말고, 책임자 처벌을 요구하지도 말고, 추모 리본을 달지도 말고, 세월호 참사를 비하하는 사람들에게 항변도 하지 말고 가만히 있어라.

내 머릿속에 각성이 일어난 건 그 순간이었다.

뭔가 잘못되었다. 아주 거대한 규모에서 무언가가 단단히 삐뚤어져 있다. 나는 갑자기 붉은 점퍼가 잔챙이처럼 느껴졌다. 동네 뒷골목에서 벌어진 살인 사건들을 연쇄 살인극으로 규정하려면 사건들을 관통하는 패턴이 있어야 한다. 범행 수법이라거나 대상, 범인이 의도적으로 흘린 단서 따위들 말이다.

나는 시나리오 공책을 탁! 덮고 오세진의 방으로 쳐들어갔다.

"인나 봐라, 오빠야!"

나는 엎드려 자고 있는 오세진의 다리를 걷어찼다.

"가시나 니, 미쳤나? 와 이라노?"

오세진이 베개를 집어던지며 일어나 앉았다.

"오빠야 보기에도 세상 돌아가는 꼬라지가 이상하제? 그래서 내한테도 갑자기 대학 타령을 하는 거 아이가. 잘 봐라, 오빠야. 세상이 돌아가는 꼬라지에는 어떤 패턴이 있다. 세상이 바뀔라믄 그 패턴부터 바꿔야 한다."

"밤중에 무신 헛소리고? 니 아직 사춘기가?"

"그래, 알아들을 기라 기대도 안 했다. 일단 내일 퇴근길에 학원비부터 환불 받아라. 내는 거기 안 다닌다. 내는 지금부터 할 일이 있다."

*

237

학원 건물 맞은편 밥버거 가게. 평일 저녁에 채리를 만나려면 녀석과 급한 저녁을 함께 먹는 수밖에 없다.

"더는 가만히 있으믄 안 된다. 그랬다가는 비슷한 일이 또 반복된다. 이제는 결판을 낼 때다. 인지상정! 포켓몬 악당 로켓단도 아는 그거를 와 어른들은 모를까? 죄 지은 놈은 벌받고, 속상한 사람은 위로받는 게 인지상정 아니겠나. 팥죽까지 얻어묵고도 기어이 할매를 잡아묵을라고 덤비는 호랑이 놈은 멍석말이를 해서 강물에 갖다 던지뿌야지. 안 그렇나?"

나는 《팥죽 할머니와 호랑이》의 마지막 장면을 탁! 펼쳤다. 채리를 설득하기 위해 도서관 그림388.3 서가에서 빌려 온 것이다. 채리와 나는 초등학교 때 이 이야기로 모둠별 연극을 같이했다. 그때 나는 호랑이, 채리는 지게였다. 채리는 나를 업고 서너 발짝 걸어간 다음 바닥에 툭 떨어뜨렸고, 나는 혼신의 힘을 다해 허우적거리다 죽는 시늉을 했다. 그때 채리는 저보다 훨씬 덩치가 큰 나를 업고 걷느라 다리를 후들후들 떨었다. 나는 나대로 교실 바닥에 떨어지면서 무르팍을 찧었지만 아픈 내색을 않고 연기에 집중했다. 우리는 그 장면이 《팥죽 할머니와 호랑이》의 결말이란 걸 알고 있었기 때문이다. 다른 모둠 아이들은 그 결정적이고 통쾌한 한방을 보려고 지금껏 기다린 것이다. 관객들을 실망시킬 수는 없었다.

기, 승, 전 다음은 결이고, 발단, 전개, 위기, 절정 다음은 결말이다. 도서관 388, 408, 823, 833 서가의 책들이 그 증거다. 그런데 저 바깥세상에는 결말이 증발하고 없다. 세월호는 가라앉았는데 그날의 진실은 밝혀지지 않았고, 최순실과 대통령이 국정 농단을 저질렀는데도 제대로 처벌받지 않았다. 아직 돌아오지 못한 사람들이 있는데 세월호는 인양되지 않았다. 2년 하고도 7개월 동안 우리는 속 시원한 결말을 보지 못했다. 기, 승, 전 다음에 다시 기, 승, 전……

"호랑이 꼴 좀 봐라. 실감나게도 그려 놨네. 맞다, 옛날이야기 그림책은 이런 맛이 있었는데."

채리는 사뭇 감회에 젖은 얼굴로 그림책을 내려다보았다. 녀석이 미끼를 문 것이다. 이제 이 분위기에 쐐기를 박을 차례였다. 나는 지난주에 한서병원 앞 광장에서 주워 온 종이를 그림책 위에 탁! 포개 놓았다.

"가자, 채리야! 우리도 광화문에 가자. 가서, 이제 그만 결말을 내 달라꼬 외치는 기다!"

붉은색 바탕에 노란색 글씨로 '국정 농단 처벌하라! 세월호를 인양하라! 대통령은 하야하라!'라고 쓰인 종이였다.

채리는 먹다 만 밥버거를 꽉 움켜쥐며 고개를 끄덕였다.

지금껏 나는 혁명군을 이끄는 시나리오 속 하나가 부러웠다. 하지만 이제는 현실의 나도 뭔가를 할 수 있게 되었다. 나는 잃어버린 결말을 요구할 참이다. 이제 더는 가만있지 않겠다! 나 말고도 그 말을 외치려는 사람들이 있다. 나는 채리랑 함께 그 무리에 합류할 것이다.

"그런데 오하나, 니 서울 갈 돈은 있나?"

우리 집 사정을 뻔히 아는 채리였다. 아직 목요일밖에 안 됐으니까 여비를 마련할 시간은 충분하다.

"그 걱정을 니가 와 하는데? 니는 토요일 아침 일곱 시까지 버스 터미널로 오기만 하믄 된다."

나는 주머니에 남은 돈을 탈탈 털어 채리에게 음료수까지 쥐여 주고는 기분 좋게 돌아섰다.

다행히 실습을 나간 뒤로 오세진은 열 시 전에는 집에 오지 않는다. 실습생은 법적으로 야근과 특근을 하지 않는다는데, 야근도 특근도 아닌 일들이 밤마다 있는 모양이었다. 나는 오세진의 방을 뒤졌다. 그간 나한테 삥 뜯어 간 돈을 은밀한 경로로 돌려받을 작정이었다. 그런데 비상금 같은 건 보이지도 않고 구석구석 쓰레기만 쏟아져 나왔다. 실습생이 되어선지 몹쓸 각성을 해선지 오세진은 치밀해졌다. 책상 언저리에 지폐를 아무렇게나 올려 두던 그 오세진이 아니었다. 나는 정말로 내키지 않았지만 마지막으로 옷 무더기를 뒤적거렸다. 행어 밑에 마구 뒤엉켜 있는 옷들을 차례로 끄집어냈다. 한쪽 가랑이가 뒤집어진 트레이닝 바지 주머니를 뒤질 때는 욕이 절로 나왔다. 하지만 흔해 빠진 동전 하나 떨어지지 않았다.

해작였던 옷 무더기를 발로 도로 다지고 있는데 엄마에게서 메시지가 왔다. 가게로 얼른 튀어오라는 거였다. 모처럼 손님이 몰린 모양이었다. 어째 일이 순조롭게 돌아가는 것 같았다. 오늘 내일 매출이 급상승한다면 엄마가 여행 경비를 대 줄지도 모른다.

예상은 빗나갔다. 저녁 손님은 두 테이블밖에 없었고, 설거지통도 비어 있었다.

"오하나, 니 진짜로 서울 촛불 집회 가자고 채리 꼬싰나?"

숨이 턱 막혔다. 채리와 헤어진 지 채 한 시간도 안 되었다. 그 짧은 틈에 엄마에게 우리 계획을 간파당한 것이다.

"채리 엄마가 전화로 난리를 직이더라. 대학으로 인서울 해야 할 놈들이 촛불 집회 같은 데나 기웃거린다고. 니가 이상한 말로 채리를 들쑤셔 놨담시로. 똑바로 말해라, 오하나. 니 무슨 일을 꾸미는 기고?"

나는 신속 정확한 보고 체계에 놀라 자빠질 뻔했다. 채리는 토요일 스케줄을 확인하는 과정에서 아줌마에게 서울행을 털어놓았고, 성이 난 아줌마는 전화로 엄마에게 성토를 했을 것이다. 엄마는 안경을 벗어 싱크대에 올려놓고 손으로 이마를 짚었다. 그건 '오냐, 한판 붙어 보자!'는 제스처였다. 하지만 내게는 플랜B도 있었다.

"내 혼자라도 갈 기다."

하지만 엄마에게도 플랜B가 있었다. 말귀를 한 방에 못 알아들을 경우 등짝 후려치기.

"거기 가서 니가 뭐 할 긴데? 이게 시간이 남아도니까 대가리에 씰데없는 생각이나 들어차 가지고는."

"누가 엄마한테 데려다 달라드나? 엄마는 차비만 주믄 된다. 내가 씰데없는 일을 하건 말건 상관 말고!"

"대가리 좀 컸다 이기가? 오하나 니, 엄마가 국밥집에 갇혀 있으니까 무슨 바본 줄 알제? 일 년 열두 달 뉴스 틀어 놓고 세상 돌아가는 꼴 훤히 내다보고 사는 게 내다."

엄마는 아예 앞치마를 벗어서 싱크대 밑에 처박아 버렸다. 엄마의 버릇이었다. 엄마는 성질이 폭발하면 몸에 걸치고 있던 걸 하나씩 벗어던진다.

"촛불 집회 저거, 저러다 만다. 니 똥 기저귀 차고 다닐 때도 촛불 집회 있었다. 중학생 둘이 미군 놈들 장갑차에 사고를 당했거든. 그게 억울해서 사람들이 촛불 들었던 기다. 내랑 니 아빠도 가슴이 아파서 텔레비전 봄시로 울고 그랬다. 그런데 그놈 새끼들 무죄 받더라. 그뿐인 줄 아나? 또 몇 년 후에는, 아마 느 아부지 죽고 나서 일일 기다, 미국산 소고기 수입 반대한다고 사람들이 우루루 몰려 나가 촛불을 들었던 기다. 내도 혀를 차고 그랬다. 국민들이 저리 반대하는 일을 와 할라 하나 싶고. 그란데 우찌 됐는지 아나? 동네 마트만 가도 미국 소고기 쫙 깔렸다. 누구는 싼 맛에 묵고, 누구는 입맛에 맞아 묵고 그러고들 산다."

"그렇다고 이번에도 가만있으라고? 엄마는 억울하지도 않나? 엄마 힘들게 장사하면서 낸 세금으로 못된 놈들이 장난질을 했는데도? 그리고 세월호 언니, 오빠야 들이……."

"쪼매난 늬들 눈에는 저 촛불 집회가 무슨 천지개벽 이벤트 같겠지만 저거 곧 잦아든다. 세상 이치가 그리 쉽게 바뀌는 줄 아나?"

"그래도 바꿀라고 노력은 해 봐야지! 이번에는 좀 다를지도……."

하지만 엄마가 카디건을 벗어던지는 통에 나는 입을 닫아야 했다. 엄마가 하나 남은 티셔츠까지 벗어던질까 봐 나는 일단 가게를 빠져나왔다.

*

다음날 나는 일찌감치 집을 나섰다.

간밤에 내 방 문을 두드려 대던 인간이 꼴 보기 싫어서였다. 하지만 오세진은 벌써 대문 밖에 나와 있었다.

담배를 쥔 손에 붕대가 감겨 있었다. 평소 같으면 어쩌다 다쳤냐고 물었겠지만 지금은 오세진과 눈도 마주치고 싶지 않다. 오세진 뒤에는 비선 실세 엄마가 있다. 엄마는 채리와 나의 일을 오세진에게 다 일러바친 다음, 대응책도 주문해 놨을 것이다. 두 사람은 평소에는 데면데면하다가도 나를 구박할 일만 생기면 죽이 척척 맞는 2인조로 돌변했다.

암만 해도 만화 시나리오를 좀 보충해야 할 것 같다. 폭군 세진 왕에게는 아들이랑 똑 닮은 악덕 모후가 있는 걸로 말이다.

"니, 어디까지 내를 실망시킬 참이고?"

"담배나 꺼라. 그간 담배 산다고 내한테서 삥 뜯어 간 거 일시불로 갚겠다는 말 아니믄 고마 하지 마라."

나는 학교로 와 버렸다.

조회 시간이 가까워 올 무렵 채리가 우리 반으로 왔다.

"하나야, 우리 엄마 땜에 속상했제? 미안하다. 내는 우리 엄마가 그 일을 반대하리라고는 상상두 못했다. 사람은 가치 있는 일을 하믄서 살아야 한다고 늘 그래 놓고는, 엄마가⋯⋯."

채리가 울먹였다.

"등신! 니도 참 순진하다. 어른들을 그리 모르나? 내처럼 국밥집 주방에서 엄마랑도 한판 붙고, 도서관에서 할배들이랑도 싸워 보고 그래야 어른들의 생리를 좀 알 긴데."

실은 나도 어른들을 잘 모르겠다. 일단 우리 엄마부터 이해 불가 니까. 촛불을 드는 절박함을 이해하면서도 촛불이 곧 꺼진다고 단 정하는 엄마를 비관론자라 해야 할지 현실주의자라 해야 할지.

저녁 시간이 되었지만 국밥집에 가지 않았다. 자유 열람실에서 시 간을 보내다가 도서관 문 닫을 시간이 되어서야 집으로 향했다. 어 둔 골목을 혼자 걸을 때면 세월호가 가라앉던 그날 밤이 떠오른다. 날이 밝는 게 두렵다는 걸 그때 처음 알았다. 다시 밝아진 그 바다 를 어찌 봐야 할지⋯⋯. 열여덟 살이 가까워질수록 그 죽음이 나의 죽음일 수도 있었다는 생각이 자꾸만 든다. 그래서 광화문에 가서 외치고 싶었다. 세월호가 가라앉을 때 당신들은 무얼 했냐고, 이 참혹한 기, 승, 전에 이제 그만 결말을 짓고 싶다고.

집에 돌아오니 오세진이 아침보다 곱절 괴팍한 얼굴로 식탁에 도사리고 있었다.

"학원은 와 안 갔는데? 그래, 일단 여 좀 앉아 봐라."

나는 식탁으로는 가지 않고 오세진만 빤히 보았다.

"나라가 어수선한 거 내도 안다. 성도 나고 이어도 없고, 그래서 어디 가서 소리라도 질러야 될 것 같고. 내도 그렇다. 그런데 오하나, 우리 겉은 사람한테 제일 위험한 게 뭔지 아나? 바로 헛물을 켜는 기다. 촛불을 치켜들믄 세상이 좀 살 만하게 바뀔 것 같다는 기대 말이다. 오하나, 내가 와 니보고 대학 먼저 가라 하는지 아나? 남들처럼 숨 좀 돌리고 취직하라고 그러는 기다. 사회에 나가믄 숨이 막힌다. 평생 이리 살아야 할까 봐 겁도 난다. 그렇다고 당장에 뭣이 바뀔 것처럼 남들 따라서 날뛰다가는 결국 니만 상처받는다."

저리 줄줄이 늘어놓지만 결국엔 '가만있어라'는 말의 변용에 지나지 않는다. 엄마나 오빠 말처럼 아무것도 하지 않고 그냥 있어도 나는 살아갈 것이다. 결말 없는 그림책 같은 세상에서, 인간 계급 그래프 어딘가의 희미한 점 하나로……

"고마해라. 뭔 말인지 충분히 알아먹었으니까."

나는 나만큼이나 여틈해져 가는 오세진을 남겨 놓고 방으로 들어가 버렸다.

하지만 책상에 눈길이 닿은 순간, 나는 폭군 세진 왕이 시나리오 밖으로 기어 나왔다는 걸 깨달았다. 하나의 혁명이 지지부진한 사이 폭군은 현실의 오하나를 도발했다. 내 시나리오 공책이 정확히 반으로 나뉘어 있었던 것이다. 그 옆에는 보란 듯이 학원 교제들이 놓여 있었다. 나는 다시 부엌으로 튀어나갔다. 오세진은 라면 물을 끓이고 있었다.

"오세진! 네가 뭔데, 네깟 게 뭔데 내 건 찢는데?"

나는 학원 교제를 오세진 발치에 던져 버렸다. 오세진의 눈에서도 불꽃이 튀었다. 저 책값을 벌기까지 오세진이 아침마다 학교 대신 공장으로 출근했다는 건 안다. 하지만 그 사실도 오세진의 만행을 변명해 주진 못한다.

"니 대가리에 뭐가 들었는지 궁금해서 좀 들여다봤다. 시답잖은 이야기들, 초딩들 분풀이 같은 이야기들뿐이던데. 니 설마 그거 믿고 대학 안 간다는 기가?"

"그거는…… 내 약이다. 누가 날 찍어 누르믄 이야기 속에서 몸을 폈고, 울 일이 생기믄 이야기 속에서 웃었고, 누가 날 자빠뜨리며는 이야기에서 툭툭 털고 일어났다. 그래야 또 견딜 만해지니까. 그러다가 글로 푸는 거 말고 현실에서 뭔가를 해 보고 싶어졌다. 내 생애 처음으로. 세상을 바꿀 수 있다고 말하는 사람들이 모여 있대서, 저 어이없는 일들의 결말을 짓자고 소리치는 사람들이 날을 잡고 광화문에 모인대서 나도 갈라 했다. 내가 그것까지 오세진 니한테 이해받아야 하나?"

246

"오하나⋯⋯."

"니 겉은 오빠야 필요 없다. 꺼지라."

*

토요일 아침이 돼 버렸다. 채리도 없고 차비도 없었다.

그나마 다행인 건 오세진이 더는 귀찮게 굴지 않는다는 사실이었다. 오세진은 자기 방에 틀어박혀 있었다. 나는 문제집 한 권을 가방에 던져 넣고 도서관으로 갔다.

지하 매점에는 벌써 할아버지 몇 분이 나와 있었다. 뉴스에서는 오늘 저녁 촛불 집회에 대해 보도하고 있었다. 카메라는 아직은 한산한 광화문 광장을 비추었다. 세월호 천막들이 보였고, 예술가들이 만들었다는 조형물도 보였다.

눈두덩에 사마귀가 있는 할아버지가 혀를 찼다. 대하소설과 무협지가 즐비한 823.5 서가에서 자주 마주치는 할아버지다.

"북한 놈들이 저거 알른 한심해 죽을 기구마. 남한 놈들 쪼매 먹고 살 만하니까 저 지랄들이라고. 빨갱이 새끼들, 고만 집구석에 가만 자빠져 있을 기지⋯⋯."

전에 채리가 그랬다. 짝사랑하는 교회 오빠랑 노래방에 같이 갔다가 살의를 느끼고 짝사랑을 접었다고.

"그 오빠야가 노래 시작할 때마다 '요! 베이비!' 이러는 기라. 내가

247

듣기 싫다고, 그만하라고 했더니 어쩌는 줄 아나? 그다음부터는 또 '리쓴 베이비!' 이러더라. 그 망할 놈의 베이비 소리! 짝사랑이고 나발이고 입을 틀어막고 싶더라니까."

그 말이 오늘에야 이해되었다. 내 존재가 수용할 수 없는 언어가 있는 것이다. 가만있으라! 나는 그 말만 들으면 치가 떨린다. 그 말을 뱉은 사람이 누구건!

"할배!"

나는 발딱 일어났다.

"와?"

내 심정을 알 리 없는 할아버지가 되물었다.

"집구석에 가만 자빠져 있으란 말 취소하세요! 듣기 싫어 죽겠어요!"

"아니…… 이노무 자식이 어디서……."

"할배나 가만 계시던가요. 영웅문 2부 1권에 코딱지 바른 게 할배란 거 다 알아요. 내 읽다가 더러버서 진짜! 그냥…… 아파서 아프다는 건데, 성나서 성이 난다는 건데, 제대로 결론 난 게 없어서 해결을 할라고 모인다는데 왜 욕해요?"

엎드려 울었다.

"이거…… 뭐 이런……!"

할아버지가 자리를 떠나는 기적이 느껴졌다.

배도 오지게 고프고 아침부터 물 한 모금 안 마셨는데도 눈물이 자꾸자꾸 나왔다. 갈 데가 없었다. 여기 도서관 매점 구석 자리에서 할아버지들이랑 뉴스나 보면서 가만있는 것 말고는 할 게 없었다. 언젠가는 나도 각자도생의 살벌한 이치에 무릎을 꿇고, 옅은 점 하나로 묽게 살아갈지도 모른다.

한참 울고 일어났더니 내 가방 위에 비타민 음료가 놓여 있었다. 비타민 음료는 평소 사마귀 할아버지가 즐겨 마시던 것이다. 음료수 뚜껑을 우드득 따는데 또 눈물이 났다. 사마귀 할아버지는 이 도서관에서 나만큼이나 알림판을 열성적으로 기웃거리는 사람이었다. 어쩌면 할아버지도 나처럼 알파고 시대의 창의적인 인재로 거듭날 계획을 갖고 있는지도 모른다. '알파고 시대의 창의적인 인재'는 이 도서관의 독서 프로젝트 이름이다. 그림책에서부터 대하소설, 인문 고전까지 고루 섞인 리스트가 공지되면 그걸 빌려 읽고 간단한 서평을 남기는 프로젝트였다. 나는 도서관에서 공지한 책들을 찾다가 할아버지의 존재를 알게 되었다.

나는 음료수를 마시다 말고 다시 엎드렸다. 할아버지에게 그러지 말걸, 영웅문 코딱지 얘기는 하지 말걸, 후회가 되었다. 한숨 섞인 입김에 소매와 얼굴이 축축하고 뜨듯했다. 누군가 내 어깨를 살며시 쥐는 게 느껴졌다. 나는 사마귀 할아버지일까 봐 얼른 일어났다.

오세진이었다.

"아침도 안 묵고 튀나가더니 여태 여 있었나?"

오세진의 눈은 피했는데 붕대 감긴 손이 눈에 들어왔다. 라면 국물과 누렁누렁한 얼룩들로 붕대가 꾀죄죄했다. 오세진은 내 가방 지퍼를 열더니 공책을 밀어 넣었다. 폭군 오세진이 두 동강 내 버렸던 시나리오 공책이었다. 본드로 붙였는지 공책은 다시 멀쩡해진 채였다.

오세진이 잔치 국수 두 그릇을 가져왔다.

"일단 무라. 벌써 점심때다. 이거 묵고 나면 보니 주께. 차비도 주고. 그동안 니한테 빌린 거 한 방에 갚으라믄서."

"오빠야……."

"갔다 오이라. 그리 원해쌌는데 가야지, 벨 수 있나. 엄마한테는 내 잘 얘기할게."

그래 놓고 오세진은 국물을 튀기며 면발을 후루룩거렸다. 하필 젓가락 쥔 손에 붕대가 감겨 있어서, 젓가락질도 시원찮았다.

"손은 어쩌다 그랬는데?"

"기계에 살짝 긁힜다. 빨리 묵고 가라."

채리가 이 장면을 본다면 뭐라 할까? 오세진 같은 오빠 세상에 없다며 또 방방 뛰겠지? 남의 시나리오 공책을 두 동강 낸 그놈이 이놈인 줄도 모르고서.

*

광화문에 도착했을 때는 여덟 시가 넘은 시각이었다.

채리가 일러 준 대로 안국역에서 내려서 인사동 거리를 지나 광화문으로 갔다.

함성을 좇아가자 드문드문 촛불이 보이는가 싶더니 곧 촛불의 강이 눈앞에 펼쳐졌다. 주최 측 추산 ○○명, 경찰측 추산 ○○명, 숫자로 환원하는 게 무의미하게 느껴질 만큼 거대한 강이었다. 누군가의 노랫소리, 구호 소리, 함성이 저마다 파고가 되어 강은 출렁이고 있었다.

행진하고, 말하고, 듣고, 웃고, 환호하고, 소리치고……. 온갖 동사들이 촛불을 떠받치고 있었다. 가만있는 건 아무것도 없었다. 가만있으라고 윽박지르는 이도 없었다. 기, 승, 전 다음에 또 기, 승, 전이 이어지던 결말 없는 시대를 매듭짓자고 촛불은 저리도 굼실대고 있었다. 나도 누군가에게 촛불을 건네받고 그 물결에 휩싸였다. 어디로 가는지 모르지만 겁이 나진 않았다. 저만치 정원 가장자리에 앉아 쉬는 노부부가 있었고, 어린아이를 목말 태우고 가는 아빠들이 보였고 손깍지를 낀 커플도 보였다. 서로 떠밀리며 나아가던 행렬은 어느 지점에서 물굽이처럼 휘었다. 나는 큰 무리에서 떨어져 나와 골목길로 들어갔다. 발 디딜 틈 없기는 그곳도 마찬가지였다.

골목 안쪽에서는 사람들이 자유 발언을 하고 있었다. 밥장사를 하루 접고 나왔다는 할머니, 수능을 며칠 앞둔 고3 언니, 얼마 전 태어난 손자를 위해 나왔다는 할아버지, 그들 속에 채리가 있고 엄마가 있었다. 이따금 누군가 구호를 외쳤다. 그때마다 촛불을 돋우며,

나는 채리의 몫까지 목소리를 보탰다. 위로하고, 인양하고, 처벌하고, 물러나라! 그게 가능할까? 촛불을 든다고 그런 세상이 올까? 엄마를 대신해 묻기도 했다. 확실한 건 나도 모른다. 하지만 엄마에게이 함성을 들려주고 싶었다. 엄마, 이번 촛불은 쉽게 꺼질 것 같지 않아. 아니 어쩌면 전에 꺼졌다던 그 촛불들이 여태 불씨로 살아 있다가 이렇게 다시 발화했는지도 몰라. 사마귀 할아버지의 얼굴도 떠올랐다. 촛불이 더 나은 세상을 열어 준다면, 그 세상을 할아버지도 누렸으면 좋겠다. 도서관 구석 자리로 밀려난 퇴물이 아니라 알파고 시대의 창의적인 인재로, 나의 동료로……

저만치 골목길 가장자리, 누군가 카페 외벽에 등을 기댄 채 피켓을 치켜들고 있었다.

'비정규직 철폐! 노동자가 행복한 세상!'

자유 발언을 구경하는 와중에도 자꾸만 그 문구가 눈에 밟혔다. 나는 사람들 틈을 비집고 카페 외벽 쪽으로 갔다. 피켓을 든 이는 20대 초반쯤 된 남자였다. 그제야 나는 이 피켓 가까이 올 수밖에 없었던 이유를 알았다. 짤막한 문구 안에 오세진이 있었기 때문이다.

노동자. 그건 세상이 오세진을 부르는 이름이었다. 열아홉 살의 어린 노동자. 실습생이라는 이름의 비정규직 노동자. 갑자기 오세진의 못생긴 얼굴이 보고 싶었다. 촛불 속에는 오빠의 이야기도 있었다. 나는 오빠의 붕대 감긴 손이 떠올라 촛불을 더 꼭 쥐었다. 누군가 자유 발언 중에 구호를 외쳤고 나도 촛불을 치켜들었다. 촛불은 종이컵 바람막이 안에서 흔들리며 타고 있었다.

"오빠야, 보고 있나? 이 촛불이 오빠야랑 내다."

나는 다음에 쓸 시나리오의 첫 문장이 뭔지 알고 있었다.

'그 밤, 우리는 희미한 점이 아니라 저리도 밝은 빛*이었다.'

---

* 2016년 11월 12일, 촛불 집회 참가 인원은 주최 측 추산 100만 명이었다. 12월 19일 박근혜 대통령의 탄핵 소추안이 가결되었고, 2017년 3월 10일 헌법 재판관 전원 일치로 탄핵이 인용되었다. 그리고 3월 22일 세월호 인양이 시작되었다. 3월 31일 박근혜 대통령이 서울구치소에 수감되었고, 세월호가 목포신항으로 마지막 항해를 시작했다.

촛불 집회가 열리는 광장에서 나는 아이들을 만났다.

하늘의 별이 된 세월호 아이들을 보았고, 구의역 스크린 도어 정비 작업 중 사고를 당한 그 아이를 보았다. 전국 각지에서 몰려온 또래 아이들이 세월호와 구의역 사고를 기억하고 있었다. 내게 촛불 집회란 그 아이들의 아픔과 기억을 눈에 담고 돌아오는 일이었다.

현재 진행형인 역사를 소설로 쓴다는 게 쉽지 않았다. 자칫 르포로 보일까 봐 걱정도 되었다.

그래서 담담히 아이들에게 다가가기로 했다.

"이 늦은 밤, 너는 왜 촛불을 들고 여기 서 있니?"

세월호가 아파서, 누구는 온갖 특혜 속에 승승장구한 정유라에게 박탈감을 느껴서, 또 누구는 국정 농단 사태의 책임자를 심판하려고…… 아이들이 촛불을 든 이유는 한 문장으로 쉽게 압축되지 않았다. 하지만 세상이 나아지기를 바라는 마음은 하나였다.

나는 좀 더 들어가 보기로 했다.

"넌 어디서 왔니?"

그제야 아이들은 제 인생을 보여 주었다.

누구는 차비를 구하느라 애를 먹었고, 그 아이의 친구는 실습 나간 업체에 일이 생겨 오지 못했고, 또 누군가는 엄마 아빠의 체념과 비관에 화가 나서 몰래 왔다고도 했다.

〈점 하나〉는 그 아이들의 이야기에서 태어났다.

그리고 대통령의 탄핵이 인용된 뒤에 아이들을 다시 만났다.

아이들은 촛불의 힘을 믿고 있었다. 세상이 비틀리면 바로 펴자고 목소리를 내는 일, 어둠 가득한 세상에 촛불을 치켜드는 일, 아이들은 그걸 상식이라 믿고 있었다.

이 땅에 촛불 집회가 처음 등장한 계기는 2002년 신효순, 심미선 양이 미군 장갑차에 희생된 사건이었다. 그 뒤로 2008년 미국산 소고기 수입 반대 촛불 집회, 2014년 세월호 진상 규명을 위한 촛불 집회를 거쳐 2016년 대통령 탄핵 요구 촛불 집회까지, 촛불은 계속 타올랐다. 그리고 아이들은 언제나 그 촛불의 든든한 한 축이었다.

세월호가 인양된 건 촛불의 힘이었고 너희의 힘이었다.

전주에서, 김해, 강릉에서 새벽차를 타고 올라왔다던 그 아이들에게 감사드린다.

너희가 빛이었고, 너희가 역사였다.